OS ÚLTIMOS RÉUS

© Autonomia Literária para a presente edição.

© Marcelo Semer, 2023.

Coordenação editorial

Cauê Ameni; Hugo Albuquerque & Manuela Beloni

Revisão

Márcia Ohlson

Diagramação

Manuela Beloni

Capa e ilustração

Rafael Fernandes Semer

Dados Internacionais de Catalogação na Publicação (CIP)
(eDOC BRASIL, Belo Horizonte/MG)

S471u   Semer, Marcelo.
         Os últimos réus: as crônicas do crime / Marcelo Semer. – São Paulo, SP: Autonomia Literária, 2023.
         148 p. : 14 x 21 cm

         ISBN 978-85-69536-73-4

         1. Literatura brasileira – Crônicas. I. Título.
                                                              CDD B869.3

Elaborado por Maurício Amormino Júnior – CRB6/2422

EDITORA AUTONOMIA LITERÁRIA
Rua Conselheiro Ramalho, 945
01325-001 São Paulo - SP
www.autonomialiteraria.com.br

Marcelo Semer

OS ÚLTIMOS RÉUS
As crônicas do crime

2023
Autonomia Literária

Sumário

Prefácio *por Andréa Pachá* 7

As meninas 13

Rogério 17

Aos pedaços 21

A primeira vez... 25

On the road 31

Em causa própria 35

Sequestro..39

Meu quadrado..................................45

Sinceridade.......................................49

Resistência 55

Detração 59

Doutor Edgar 65

Maria da Penha 69

Família..73

Réveillon 79

O interrogatório 85
Falso testemunho 89
Advertência 95
Machista? 99
Traficantes e usuários 105
Em nome do pai 109
Bobby 115
Presente! 119
A troca 123
A biópsia 127
Polícia 131
Abajur lilás 135
Peixe grande 139
Virando a página 145
Fim 151

Prefácio

por Andréa Pachá

É do espaço confinado, entre salas e celas, que um magistrado de olhar humano, compassivo e generoso desvela as angústias daqueles que tentam encontrar, sem sucesso, a resposta do Estado para uma justiça idealizada, descolada da realidade, especialmente em um país tão excludente e desigual. Poderiam ser apenas histórias dos outros, não fosse o próprio autor personagem e narrador. É a partir da impotência e do pensamento complexo de quem detém a função e o poder de "julgar", que se embarca em uma trajetória sem volta. Impossível chegar ao fim da leitura, e amanhecer cínicos, rasos e binários. Impossível insistir nas teses ultrapassadas de que mais prisões garantem mais segurança e mais justiça. E se a vida não é justa para os que sofrem, como vítimas da violência, igualmente não o é para os que se submetem ao Judiciário, em um sistema muitas vezes incompreensível e perverso, mesmo para nós, cujo trabalho é decidir.

Só um autor profundamente comprometido com os valores da humanidade que nos constituem poderia ter transformado a realidade da aridez da justiça criminal em histórias tão tocantes e transformadoras. Só um magistrado dedicado à efetividade das garantias e direitos civilizatórios, observador dos pequenos avanços e dos grandes retrocessos, só um crítico ao sistema contaminado pela falácia da segurança, e pelo desejo de vingança, só um escritor angustiado com o papel que representa, e com as expectativas que nunca se cumprem com condenações e encarceramentos, poderia criar, pela sucessão de crônicas aparentemente desordenadas, o olhar curioso e empático que a obra suscita.

Aviso aos leitores de primeira viagem: não se deixem impressionar pelo subtítulo "as crônicas do crime". Nem esperem do magistrado, soluções mágicas, sanções exemplares ou pacificação de consciências. Não é esse o convite que nos faz Marcelo.

Os Último Réus reúne 30 crônicas que nascem da inesgotável fonte das audiências e processos que tramitam no Estado de São Paulo, que já haviam dado origem ao primeiro livro (*Entre salas e celas*), e que esperamos se transforme em uma série. Ao atravessar as décadas e as transformações experimentadas no país e no mundo, tanto na perspectiva legal, quanto na social, é possível acompanhar as mudanças, nem sempre alvissareiras, que impactam o convívio coletivo e a insistência inexplicável de um modelo que desumaniza, afasta e se distancia do justo, do verdadeiro e do bom.

São histórias que poderiam ter acontecido em qualquer comarca, em qualquer rincão distante do país, mas que, para nossa sorte, foram capturadas pelo olhar atento de um contador de casos que não se acostuma com o que nem de perto é normal, apesar do cotidiano, com a escalada do preconceito, do racismo e da desigualdade. "Lidar com esse processo de decisão entre o geral e o particular, entre a técnica e a sensibilidade, sempre me pareceu ser o maior desafio e ao mesmo tempo a maior beleza da profissão, quase nada automatizada: a dor e a delícia de realizar, ao mesmo tempo, direito e justiça", afirma Marcelo.

Longe da pedagogia que infantiliza, ou da arrogância acadêmica, Marcelo Semer é generoso quando escreve. E é exatamente por isso que consegue dar voz àqueles que são historicamente invisibilizados. Econômico nos adjetivos, Marcelo se despe de julgamentos morais e expõe o que de mais verdadeiro há na essência de todos os seres humanos: a precariedade, as contradições e a complexidade, atributos cada vez mais raros na sociedade do espetáculo, da felicidade obrigatória e do uso utilitário do outro, sem desconsiderar as mazelas do sistema oficial. Diz ele: "Toda vez que o Estado pretende se valer dos atalhos para punir os fracos, costuma ser sinal de que não busca fortalecer a investigação para prender os fortes."

Vivemos tempos difíceis. Paul Valéry, já no século passado advertia que o futuro não é mais o que costumava ser. O que conhecemos e experimentamos do passado, parece não dar conta dos questionamentos, conflitos e angústias que sentimos no presente. O peso universal dos problemas tem nos causado perplexidade, assombro e sentimento de inadequação. O turbilhão que nos invade deve ser enfrentado racionalmente, para que a indignação não nos paralise, e para que não percamos os importantes direitos conquistados nas últimas décadas, especialmente os direitos fundamentais que redimensionaram a importância das relações humanas, e ampliaram o respeito àqueles que historicamente padeciam e padecem de voz e de reconhecimento.

Ainda que vez ou outra esqueçamos os limites da nossa condição, é apenas deste lugar, entre o nascimento e a morte, que amaremos, nos relacionaremos com os outros, odiaremos, sonharemos, nos sentiremos responsáveis pela humanidade, manifestaremos nossas limitações e misérias e padeceremos. Eis a estupenda dimensão da nossa humanidade! Somos capazes das maiores realizações e das piores atrocidades. Eis o incrível trabalho do autor! A partir de vivências subjetivas, de personagens que seriam banais e passariam desapercebidos nas salas e nas celas, Marcelo soube olhar, soube ouvir e soube contar com delicadeza e respeito, a nossa história espelhada no outro.

Conheci o texto de Marcelo, antes de conhecer Marcelo. Inicialmente, textos jurídicos, sempre densos e acessíveis, como só é possível a quem não faz do conhecimento o espaço do poder, nem o usa como monopólio da verdade. Depois, nosso encontro pessoal comprovou minhas intuições. Marcelo é um dos raros amigos que a maturidade traz. Uma amizade forjada na identidade do olhar para a vida, para o mundo, e especialmente, para o país no qual escolhemos nos aventurar no exercício de julgar.

Como diagnosticou Bauman, a era líquida em que vivemos, cercados de sinais confusos e propensos a mudanças rápidas e imprevisíveis, talvez seja um período fatal para a nossa capacidade de amar. Ele não se refere apenas a relações amorosas e afetivas, mas constata o quanto é prejudicada a nossa capacidade de tratar um estranho, um outro, com humanidade. Se isso é verdade para o outro que está próximo, piora o cenário quando o medo se instala, turbinado pela política de confronto e genocídio, pelo discurso do poder que alimenta a repulsa ao estrangeiro, ao refugiado, às mulheres, aos homossexuais, aos negros. Esse é o material do qual Marcelo se alimenta e nos devolve em forma de acolhimento, respeito e afeto. Com ele aprendemos muito sobre empatia, e junto com ele somos alertados sobre "a enorme dificuldade que as pessoas tinham em se colocar no lugar do outro".

O desconforto e o sentimento de inadequação do Marcelo julgador, exibidos na angústia e na solidão do ato de decidir encontram no Marcelo autor, uma forma de encarar a realidade, compreendê-la e seguir adiante na busca incessante pela efetividade dos direitos fundamentais e acessíveis a todas e todos. Quando a arte e a justiça, saberes da mesma raiz da humanidade se encontram, por mais desalentadoras e confinadas que sejam as celas e as salas, a luz se impõe pelas frestas da esperança.

As meninas

— Mas doutor, eram todas mulheres, cabelão, salto alto, batom... como é que eu vou reconhecer nesses garotos aí?

A indignação do policial militar sentado à minha frente era um retrato da desumanização do sistema penal.

Presas, acusadas de roubo na frente do Jockey Clube, as cinco travestis se transformaram em homens de cabeças baixas -sem brilhos, sem cores, quase sem cabelos. O processo lhes impingiria o nome masculino, o uniforme branco e bege, as feições tristes. O reconhecimento, inviável. Eram outras pessoas aquelas para quem a testemunha olhava agora sem sucesso. Eu percebi que ele até se esforçava para tentar montá-las na sua cabeça, mas logo desistiu.

— O senhor deve ter as fotos aí, não é o mesmo?

Tinha sim. Mas nem com o gabarito era possível reconhecê--las. Confesso que também fiz essa tentativa em silêncio, e então resolvi passar para o próximo ponto.

— Olha, uma delas tinha um estilete — a vítima, um senhor de uns quarenta, quarenta e poucos anos, disse que foi ameaçado. Mas ele mesmo não sabia dizer por quem, porque na hora juntou um grupo todo e se fez um tumulto. Levaram cem reais seus.

Casos como esse nos traziam vários desafios — o mais difícil era reconstruir uma história sem confiar muito em quem estava nos contando. Algumas vítimas circundavam a verdade, com medo de uma censura moral — afinal, quem podia imaginar que o comerciante que trabalhava nas redondezas tivesse mesmo parado o carro na rua para pedir uma informação de trânsito a uma das meninas?

— Doutor, era um programa. Era um programa sim. Ele quis fazer, mas não quis pagar. E depois veio com essa historinha de roubo.

Lúcia era a mais incisiva do grupo — mas, para os efeitos legais, assinava Wanderson. Ainda não havia para nós o nome social e eu ia demorar alguns anos até tomar a iniciativa de perguntar: como prefere que eu lhe chame? Para Lucia, não carecia.

— Doutor, Lúcia é o meu nome de guerra. O senhor não vai encontrar ele aí nos seus papéis, mas é assim que todo mundo me chama. Até esse moço aí que ainda acha que existe almoço grátis.

Para a gente era um pouco confuso para fazer as perguntas. A cada uma delas, eu hesitava antes de alertar que "o senhor vai ser interrogado em um processo crime" — mas o exercício era, sem dúvida alguma, muito mais dolorido para elas, que eram acusadas como travestis e não tinham direito à própria identidade no julgamento. Cumpriam uma pena antes mesmo de começar o processo.

Talvez pela fragilidade que aparentavam, ou pela falta de policiais no dia, acabaram trazidas à sala de audiência com uma escolta de apenas dois agentes, o que representou um verdadeiro périplo — pois vinham as cinco juntas para acompanhar as testemunhas e depois separadas para serem interrogadas. Assim, a audiência foi se arrastando até o fim daquela sexta-feira, quando, normalmente, as coisas terminam mais cedo no Fórum. Quando reunimos todas para o termo de deliberação, por volta das seis da tarde, o prédio parecia deserto de tão quieto que estava. Mas não ia demorar para ser sacudido.

O dinheiro não foi encontrado; as fisionomias não identificadas. A história da vítima não convenceu e parecia ter algum fundo de verdade na indignação de Lúcia. Nada assegurava que, apesar disso, não havia mesmo acontecido um roubo, mas a dúvida lhes beneficiava. A audiência estava se encerrando, a vítima já havia sido ouvida, e não tinha qualquer elemento de prova para dizer que elas estavam prestes a fugir. A defensora pediu a palavra, mas eu apenas acenei e pedi que se mantivesse sentada e esperasse. Agora eu é que ia falar. Ela olhou meio apreensiva para mim e para as meninas, cuja respiração era possível escutar, no meio daquele silêncio todo.

Mas tão logo eu comecei a explicar que iria soltá-las em liberdade provisória, ouviu-se uma explosão incontida. Elas se levantaram, bateram com as algemas na mesa, se atrapalharam porque estavam todas juntas e quase caíram. Os policiais tentavam acalmá-las e muita gente correu à minha sala para ver que diabo estava acontecendo, que rompia o tradicional e melancólico anoitecer das sextas. A defensora abriu um sorrisão e o promotor organizou os seus papéis para escapar da bagunça.

Eu tive de gritar para pedir silêncio, mais de uma vez, e mesmo assim, não fui atendido. Tentei explicar que elas tinham algumas obrigações — assim que forem soltas, venham assinar o termo aqui no fórum, não podem se aproximar da vítima ou conhecidos dela, enfim, sugeri até que para a tranquilidade de todas, se afastassem de qualquer tipo de confusão enquanto o processo não terminava. Mas percebi que estava falando no vazio.

Toda liberdade era uma alegria; uma daquelas à beira do fim de semana, certamente um júbilo. Mas o que eu não tinha me dado conta, e por isso a festa virara uma algazarra, é que estávamos na antevéspera da Parada Gay — como então se chamava a festa do Orgulho LGBTQIA+. Elas viraram o espetáculo; efusivas, estridentes, transbordantes. Por alguns instantes, retomaram um pouco das cores e brilhos que víamos estampados nas fotos dos autos. Não se abraçaram, porque as algemas as impediam, mas bateram palmas antes de sair.

Até Cleide, a mais quietinha do grupo, aquela que, constrangida, me pedira para ser chamada de José Alberto mesmo, durante sua oitiva, escolheu o olhar mais carinhoso que estava a seu alcance, e deu uma piscadela bem discreta, enquanto balbuciava um obrigado que só eu pude ouvir.

Sextou.

Rogério

Rogério tinha 12 anos, estava de férias e entediado. Seu pai sugeriu que lhe acompanhasse na tapeçaria depois do almoço, com a enfática aprovação da mãe (leva, sim, esse garoto, que tá muito chato pra ele aqui em casa). Rogério ficou animado — novidades são sempre boas para vencer o enfado. Mas seria o pior programa de sua vida.

— Ele já estava lá dentro, doutor, quando o patrão chegou. Estava nervoso, sei lá se não drogado. Gritava e nem me ouvia responder. Ele esbravejava que queria dinheiro e eu disse várias vezes pra ele que não tinha. Abri o caixa e nem moeda tinha, doutor. É trabalho por encomenda, a maior parte dos clientes deposita, transfere, quase ninguém vem lá pagar em dinheiro.

A tapeçaria tinha pouco mais de um ano e era um sonho antigo do pai de Rogério. Ele fazia seus remendos nas horas vagas, mas sonhava em dar um pontapé no emprego e ficar por conta própria. Enfim, foi o emprego que deu um pontapé nele. Depois de anos trabalhando em área administrativa, o patrão sabia muito bem como se organizar e a empresa de fundo de quintal ainda nasceu com o marketing que os melhores colegas de trabalho prepararam, como presente de despedida. Em pouco tempo, já tinha lá sua clientela, que, como dizia seu funcionário ao depor, era feita de grandes encomendas e quase nada em dinheiro vivo.

— Eu acho até que ele ia embora, doutor, porque percebeu que daquele mato não saía coelho. Ele saiu e entrou na loja umas três vezes e acho que da última capaz que ele não voltasse mesmo. Foi quando chegou o patrão, doutor. Com seu filho.

Rogério estava absorto em um game quando o carro parou. Seu pai lhe chamou e abriu a porta para descer, mas ele ainda ia demorar uns instantes, tentando passar de fase, antes de dar o jogo por perdido. Ouviu gritaria e imaginou que era seu pai já reclamando do atraso. Mas quando saiu do lugar do passageiro e deu a volta por trás do carro, era com seu pai que estavam gritando — um homem grande e descontrolado.

— Talvez o patrão tenha visto alguma coisa, doutor, antes de descer. Ele saiu tão rápido do carro que acabou não pegando a chave. O ladrão estava no desespero. Parecia que alguém tinha dado uma dica errada pra ele, e ele estava transtornado por não achar o dinheiro que lhe prometeram. O carro era o que ele viu na frente.

Mas o pai de Rogério hesitou entre tirar satisfações com a pessoa que gritava na entrada de sua tapeçaria e atender ao comando quando a arma de fogo lhe foi apontada. Ele olhou para os lados e não viu Rogerio, que devia estar passando por trás do carro; assustado, não conseguiu se lembrar da chave.

— A chave, porra, passa a chave. Quer morrer, otário?

Ele colocou a mão num bolso da jaqueta e depois no outro, e depois na calça e aí não teve mais chance de procurar.

A chave estava no assoalho do carro, caída na frente do banco.

— Não sei como o ladrão conseguiu ver a chave; mas foi só o patrão desabar que ele entrou no carro e saiu em disparada.

Não sem antes deparar-se com Rogério que, assombrado, olhava tudo aquilo sem conseguir entender. A cena que foi obrigado a assistir lhe perseguiu durante todas as noites, ele me disse, até aquela data.

— Eu acho que vou continuar sonhando com isso ainda, completou, resignado.

Devo dizer que ele foi mais valente na audiência do que eu me preparando para conduzi-la. Todo crime é uma tragédia, há sempre uma tristeza exalando de seus poros. Há um fracasso incrustado, uma frustração que se espalha e contamina tudo a seu redor. Mas a morte é aterradora. Por mais audiências que fizesse, por mais processos que julgasse, nunca iria me acostumar com ela. Jamais consegui ser indiferente. Triste se acidental, revoltante se premeditada, desesperadora de qualquer jeito. A morte é um objeto contundente. E ela bateu em Rogério de várias formas diferentes. Envolveu-o em tristeza, apresentou-lhe o destino, arrebatou-lhe a lógica em uma vida levada por absolutamente nada.

Mas nada lhe faria sofrer mais do que a culpa. Desabei quando o ouvi se perguntar:

— Por que eu tinha que ir lá com ele justo aquele dia? Ele deve ter se atrapalhado por minha causa. Acho que ele saberia o que fazer se tivesse sozinho.

Entre os efeitos mais devastadores que um crime provoca na vítima, o pior é o de impregnar-lhe na carne a dúvida quanto à sua colaboração para o evento. E se eu não tivesse saído bem naquele dia, naquela hora, daquele jeito? Nos infindáveis estudos de causalidade que o Direito Penal nos legava, éramos levados a crer que tudo aquilo que contribuía para o resultado funcionava como causa dele. Mas também aprendíamos a privilegiar as circunstâncias supervenientes, relativamente independentes, que eram aquelas que realmente importavam para o direito. Eu não conseguiria explicar isso a Rogério e tentei por um caminho mais suave:

— O meu trabalho é descobrir quem tem e quem não tem culpa. Eu ainda não decidi se esse senhor que você viu agora tem culpa (mentira, eu já tinha decidido sim), mas uma coisa eu posso dizer com certeza: você não tem culpa de nada. Nenhuma. Aliás, seu pai teria muito orgulho em ver como você se saiu hoje.

Rogério apenas abaixou a cabeça e não disse mais nada. Algo me diz que ele já sabia, tanto quanto eu, que essa história de culpa não seria assim tão simples de superar.

Aos pedaços

Dada a eficiência da minha escrevente de sala, combinada com uma mal disfarçada dose de ansiedade, assim que voltei do almoço e antes mesmo que pudesse escovar os dentes, encontrei a audiência instalada e Bruno sentado na cadeira pronto para ser interrogado.

Para não parecer defasado com a urgência que ela me impunha, sentei e já comecei a fazer as perguntas. Foi só quando o ouvia contando a sua história é que me dei conta que ele estava algemado com os braços para trás. Estranhei o fato, pois já havia dado a recomendação para que ninguém se sentasse assim na audiência — afora o nítido desconforto, os réus tinham que usar as mãos, ao menos, para assinar os termos.

É bom lembrar que ainda não vigorava a Súmula Vinculante 11, que impunha a toda autoridade que explicitasse os motivos de manter réus algemados. Mas a verdade é que sua aprovação pelo Supremo, provocada como uma reação ao espetáculo da exibição de réus poderosos humilhados em cadeia nacional, viria a influir muito pouco no cotidiano daquelas pobres audiências.

Antes que tivesse a oportunidade de mandar trocar as algemas, me dei conta de uma incivilidade ainda maior a que Bruno fora submetido: apenas uma de suas mãos estava algemada e na cadeira. O motivo era a própria razão que o levara à prisão e, em seguida, ao processo:

— Não fui eu doutor; eles disseram que tinha sido um *maneta* e foi assim que me reconheceram. Eu fui o primeiro *maneta* que eles viram.

Bruno estava rigorosamente coberto de razão. À sua frente, tivemos a oportunidade de ver o vídeo que supostamente o incriminava — e como acontecia com a maioria dessas câmeras de segurança com padrões de definição precários, não era possível reconhecer nas imagens sua fisionomia, se não apenas a deficiência.

Ele fora preso quando estava em um farol implorando ajuda, como tantos outros com corpos fragmentados, com os quais nos deparamos em qualquer passeio pela cidade. O policial chamado para ajudar a vítima lembrou-se de tê-lo visto perto do local dos fatos, mas não achou com ele o produto do crime, justamente uma câmara filmadora.

— Ele pulou e arrancou a câmara doutor, com uma mão só — tinha me dito a vítima; foi possível saber disso porque ele não percebeu que havia outra câmara virada justamente para a porta da loja, que registrou esse momento. O policial, quando assistiu ao vídeo, falou na hora que acabara de ver uma pessoa assim, duas quadras dali. Conferiu antecedentes e o levou preso.

Bruno tinha condenação por furto e uma das características do criminoso. Estava na rua pedindo dinheiro — ou seja, não era trabalhador. Somados os detalhes lá estava ele atado à cadeira que definiria seu futuro.

— O senhor realmente achou que algemá-lo desta forma seria necessário? — perguntei ao policial, que, sem responder, pediu minha autorização para destrancá-lo. Depois me disse que havia ficado com medo de colocá-lo na sala sem algemas, porque alguns juízes certamente reclamariam. Para levá-lo de volta à carceragem, como constatei, a escolta nem as utilizou.

Se Bruno fora preso pela deficiência, Amarildo seria solto por ela.

A acusação contra ele era de roubo de um perfume. Simulando emprego de arma, e com o auxílio de sua companheira, teria abordado uma senhora que trazia consigo um frasco de perfume com metade já consumido. O objeto do roubo envolvia algumas moedas que também estavam jogadas na bolsa. Eu até usava com frequência o princípio da insignificância para desprezar subtrações de valores irrisórios, mas com a caracterização do roubo, com a ameaça que a vítima confirmava, esta hipótese era descartada pela jurisprudência.

A vítima não tivera muita certeza no reconhecimento, a corré disse que só encontrou seu marido quando ele já estava preso pela polícia. E a polícia disse que, avisada do roubo, flagrou o réu correndo, saltando velozmente um muro e foi encontrá-lo do outro lado da linha do trem — as moedas se perderam, mas o perfume estava jogado alguns metros adiante.

A versão do policial parecia coerente, ainda que, no frigir dos ovos, não tivesse visto nem o momento do roubo nem apreendido o objeto da vítima em poder do réu. Quando Amarildo se sentou na mesma cadeira que Bruno havia sido algemado semanas antes, e negou o fato de ter roubado, de ter corrido e até mesmo de ter sido preso perto do perfume da vítima, o promotor fez cara de não acreditar nem um pouquinho no seu relato. Emendou uma pergunta desafiadora atrás de outra, e por fim, foi enérgico:

— Então o senhor vai me dizer que o policial mentiu e o senhor não pulou correndo aquele muro?

Foi nesse momento que a indignação de Amarildo se agigantou.

— Pular o muro, doutor? E correndo? O senhor acha que eu sou capaz disso?

Foram uns dois minutos de silêncio, antes que Amarildo pedisse licença para colocar os pés na mesa.

— Posso lhes mostrar? O senhor me permite?

E como anui com um balançar de cabeça, ele trouxe o seu mais contundente argumento à mostra.

Ao vê-lo, o promotor colocou a mão na cabeça e disse que estava satisfeito. Já avisou que pedia absolvição e gentilmente fez um sinal para a escrevente, que significava que um estagiário iria lhe trazer a manifestação. Levantou-se e saiu da sala.

Eu fiquei impactado com aquela cena de Amarildo, algemado, em um esforço desesperado para jogar seus pés sem dedos para cima, em busca da salvação. Imediatamente me lembrei de Bruno, com seu único braço preso à cadeira como um símbolo de autoridade.

O sistema penal não era apenas uma máquina de moer gente. Ele tratava ainda pior os que por ventura já viessem fraturados.

A primeira vez...

Apreensão e estranheza.

Sentar pela primeira vez na cadeira do juiz para presidir uma audiência não me trouxe nenhum orgulho ou satisfação, apenas um leve tremer de joelhos. Na véspera, tinha estudado até de madrugada o processo cuja audiência me cabia conduzir. E, verdade seja dita, não havia lá muitas dificuldades nele. Mas isso em nada me tranquilizava.

O período da "escolinha", como chamávamos os dois meses que separavam a posse até o momento de assumir a comarca que havíamos escolhido, foi para mim um dos mais puxados da carreira. Aulas desde cedo na Escola da Magistratura, estágio à tarde nas varas e a noite dedicada a estudar o processo da audiência do dia seguinte. Mas estava no cível e a ação de cobrança que tinha pela frente não parecia mesmo ter muitas surpresas. Ainda assim, estudei todas as intercorrências possíveis; e depois que acabei, comecei a imaginar as impossíveis, cansado das lições paternas de que o seguro habitualmente morria de velho.

O que mais me assustava era o desconhecido, aquilo para o qual não tinha me preparado. E era o que estava prestes a acontecer, enquanto as pernas tremiam, felizmente ocultas pela geografia das mesas em T. Acima de um espaldar, a mesa central colocava o juiz em uma posição de superioridade — como se olhasse aos demais de cima para baixo. Ao mesmo tempo, destacava a todos as nossas angústias e aflições. Ser o centro das atenções tinha lá os seus incômodos. Uma mistura de autoridade e exposição, com a qual demoraria muito a me acostumar.

Mas naquele exato momento, da minha primeira audiência, o personagem central era o tempo. Eu olhava para o grande relógio pendurado na parede à minha frente, de forma inquieta, sem saber exatamente para o que torcia. O fato é que entrava minuto e saía minuto e o advogado do réu simplesmente não aparecia.

A escrevente me esperava, o advogado do autor mal continha a ansiedade e, na falta do que dizer, eu simplesmente estanquei, olhando a porta que teimava em não se abrir. Eu podia dizer que ia esperar cinco minutos, ou dez ou quinze, que o trânsito da cidade era mesmo infernal, ou os elevadores do Fórum João Mendes tinham filas intermináveis. Podia iniciar uma conversa sobre qualquer assunto lateral, até quem sabe falar sobre o tempo. Podia fingir que estava despachando um processo urgente e por isso não conseguia dispensar um só minuto de atenção ao que não acontecia na sala. Mas não fiz nem uma coisa nem outras. Fiquei imóvel esperando que a porta se abrisse e um advogado apressado e esbaforido entrasse na sala se desculpando. Mas por mais que eu esperasse isso não acontecia.

E enfim de todas as defesas possíveis de arguição que eu havia estudado, aconteceu a única para a qual eu simplesmente não me preparara: a revelia no procedimento sumaríssimo e uma sentença que eu já tinha me tranquilizado que não era obrigado a proferir em audiência. Ao final me dei conta de que era tudo muito mais fácil e que, sem contestação, só me bastava julgar a ação procedente.

E quando então me acalmei e comecei, orgulhoso, a ditar minha primeira sentença, e relaxei e mostrava a todos a tranquilidade com que comandava aquela não-audiência, a porta finalmente se abriu. E foi aí que o advogado apressado, esbaforido, pedindo desculpas entrou na sala. Eu indiquei a cadeira para que ele se sentasse à mesa e toda aquela minha tranquilidade se esvaiu: será que não deveria ter esperado mais alguns minutos?

Será que o advogado da parte contrária teria fairplay suficiente para que tirássemos o papel da máquina de escrever e o rasgássemos como se nada tivesse acontecido? Será que podíamos recomeçar do zero?

Enquanto pensava nessas alternativas, simplesmente parei de ditar. A escrevente com os dedos na máquina me fitava com o canto dos olhos, no aguardo. O advogado do autor fez menção de pedir a palavra, mas a voz dele também não saiu de sua boca.

Mal o advogado que se atrasara invocou "Excelência" com uma voz tonitruante, que tomou conta da sala e impulsionou meus tremores de novo, indicando que se preparava para pedir, questionar ou impugnar seja lá o que estivesse acontecendo, a porta da sala se abriu e a auxiliar que se sentava do lado de fora nos brindou com um sorriso:

— Doutor, ela disse ao advogado, sua audiência é a próxima, ainda não chamamos. O senhor me acompanha?

Ele saiu tão atrapalhado quanto entrara. E eu continuei a ditar a sentença com a mesma falsa segurança com que tinha começado — disfarce sutil e pouco convincente, pois como veio a me dizer o juiz titular que monitorava a audiência à distância, ou seja, quieto, no cantinho da sala, mas atento à minha hesitação, o atrasado pega o processo no estado em que se encontra: *o que ele podia fazer mesmo era sentar e ouvir....*

Eu dei um sorriso sem entusiasmo e balancei a cabeça como se ele não tivesse dito nada mais do que o óbvio, enquanto a adrenalina lentamente se esvaía de meu corpo. Não passei recibo, mas guardei a dica como uma nota mental. Como fiz com outras tantas que recebi ao longo da carreira, numa equação assaz desigual, em que me aproveitei muito mais do que realmente agradeci. Até porque a maior parte destas sugestões vinha empacotada com uma leve embalagem de crítica — coisa que não cativava muito os juízes recém-empossados.

Nenhuma delas me ajudou mais do que a que ouvi do juiz titular que assistira a meu primeiro interrogatório criminal, tão logo havia chegado na comarca. Treino é treino, jogo é jogo, pensei, antes de dar o meu melhor. Ao acabar, sem tremores, mas um pouco suado, concluí que havia sido irrepreensível, que fizera todas as perguntas necessárias e que, talvez por indicar de forma não muito discreta a estranheza que as primeiras respostas do réu me causavam, tenha sido agraciado ao final com uma confissão um tanto quanto envergonhada, quando ainda achava que isso podia ser alguma espécie de mérito.

Mas não foi o que chamou a atenção do meu improvisado coach.

— O réu não é seu amigo nem colega de trabalho. Trate-o sempre por *senhor*. Por pior que seja o crime, ele merece respeito, até para poder confiar em quem vai lhe julgar. A partir da prisão, esse vai ser um atributo que ele vai receber muito pouco. Que seja por nós, pelo menos.

Não lembro bem qual foi minha atitude ao ouvi-lo, provavelmente nenhuma. Devo até ter ficado irritado com a dica em forma de admoestação. Certamente não lhe dei um abraço apertado que, muito mais tarde, me convenceria de que era francamente merecedor. Sem muita pretensão e de uma só tacada, ele me ensinou não apenas como se portar naquela que seria a parte mais perene da minha carreira, a de juiz criminal, como ainda me ajudou a equilibrar a autoridade e a exposição que tanto me incomodavam.

A resposta era o respeito.

Muita água ainda ia passar por baixo dessa ponte até que isso me trouxesse a serenidade que procurei incessantemente. Mas a lembrança da lição é o obrigado que jamais dei a meu colega.

On the road

A primeira vez que saí do Fórum para realizar audiência foi um verdadeiro anticlímax.

Uma senhora idosa que já não conseguia se levantar da cama e uma ação de interdição movida pelos seus filhos. Eu me preparei pesquisando o que se deveria fazer num interrogatório desses, perguntar sobre valores, dinheiro e até atualidades. Um amigo contara uma história curiosa de um senhor que não conseguiu responder a nenhuma pergunta que ele lhe fizera, salvo a última, e esta de bate pronto: quem é o presidente do Brasil? Mas achei melhor não arriscar; quando fui ouvi-la, Fernando Collor já estava balançando.

Ainda era tempo da datilografia e a escrevente de sala levou a máquina pendurada no colo. Reclamou o quanto pôde ao motorista da kombi pelos solavancos que a direção apressada lhe causava. Chegamos a sair e voltar ao Fórum, quando ela percebeu que havia esquecido as folhas. E nesse entourage, chegamos à casa modesta daquela velha senhora que não só não saía da cama, como tampouco de seus próprios e impenetráveis pensamentos.

Sua filha estava avisada que iríamos, mas achou um pouco engraçado chegarmos em três, com uma máquina a tiracolo, que correu para acomodar sobre uma mesinha até então coberta de um relicário e uma Bíblia. Tamanho esforço em vão, como saberíamos em instantes, pois era totalmente inviável a comunicação. Registre-se que, com uma certa vergonha, e torcendo para que o fato não saísse daquela sala, eu me esforcei fazendo todas as perguntas a que havia me preparado, para o estranhamento dos demais presentes.

Ao final, fomos agraciados com uma fornada de bolinhos de chuva, que salvou nossa viagem.

Daí em diante, nunca mais fui surpreendido pelas audiências itinerantes. Fomos à casa de um réu, que se acidentara depois do crime, ao hospital psiquiátrico onde um preso deitado na maca nos esperava para responder perguntas em uma posição constrangedora e até a um asilo de idosos.

Minha última saída foi ao Hospital do Mandaqui, onde fui encontrar Joelson, que era acusado de um dos mais graves crimes da nossa lei. E ao mesmo tempo vítima.

— Foi tudo verdade, doutor. Não sei o que me deu na cabeça. Mas eu topei a parada lá. Eu só fui porque ele — Joelson simplesmente não conseguia pronunciar o nome do corréu — ele, ele não sabia dirigir. Ele me pediu pra levar o carro até uma garagem e ia me dar uns trocados, se conseguisse fazer o negócio.

Eu esperei encontrar Joelson em um quarto fortemente vigiado pela polícia, como naquelas cenas de filmes. Mas quando chegamos ao quarto em que Joelson estava internado, não havia policial nenhum. Uma enfermeira se aproximou para conversar e passar mais ou menos o seu quadro: ele tinha uma ferida enorme aberta que não cicatrizava no dorso e nenhuma chance de voltar a andar.

— Eu achei que a gente ia levar o carro só. Não sabia que era para levar os donos também. Eu disse para ele esquecer disso, deixar pra lá, mas ele jogou o casal pra dentro do carro e eu não sabia mais o que fazer.

Seu parceiro parecia alucinado e brandia com a arma na cara do dono do carro durante todo o trajeto. A vítima implorava para que ele guardasse o revólver, mas a sensação de poder que o fornecia era irresistível.

— Ninguém conseguia controlá-lo doutor. Nem eu, nem a vítima. A mulher, então, só chorava e rezava, no banco da frente.

Estava com os olhos fechados até. Eu já estava torcendo para a polícia nos encontrar — aquela altura, de fato, o que de melhor podia acontecer para eles, era serem presos.

Mas não ia ser assim tão fácil, porque a engrenagem que Joelson ajudou a colocar em funcionamento aparentemente não podia ser desligada. Foi cerca de meia hora de terror, até que todos vivessem o pior. Por alguns instantes, o dono do carro conseguiu fazer o outro assaltante serenar. Ficou um silêncio e ele resolveu aproveitar para virar seu corpo e olhar de frente para o jovem, como se estivesse se assenhorando da situação. De costas para Joelson, ele fitava seu parceiro e ia falando cada vez mais baixo: pronto, agora tá tudo certo, vamos resolver isso. E esse falso controle acabou por desnortear ainda mais o assaltante, que se viu encurralado e passou a empunhar a arma de forma mais vigorosa — ela chegava a trepidar, enquanto ele gritava.

— Aqui quem manda sou eu, quem manda sou eu.

Nem chegou a repetir a frase por inteiro; antes de acabar, a arma já tinha disparado. A bala passou como um rasante sobre a clavícula da vítima e veio a se alojar na coluna de Joelson. Ele perdeu a direção, bateu o carro em outro veículo que estava estacionado. Não demorou para que uma viatura da polícia encostasse, e levasse todos para a delegacia, menos Joelson que foi trazido direto ao hospital e de onde ainda não tinha saído, depois de quase três meses, algumas cirurgias e uma escara capaz de engolir uma bola de tênis nas costas.

O promotor que me acompanhou fez cara de desgosto quando foi apresentado ao ferimento. Depois de algumas perguntas protocolares, se deu por satisfeito. O advogado, que nos esperava no hospital, me disse que tinha pedido à mãe do réu que fosse à lanchonete, enquanto o interrogávamos, pois não queria que ela ouvisse essa história toda de novo. Achei prudente.

— Eu sei que eu mereci doutor e que o senhor vai me condenar. Mas nem se o senhor pensasse numa pena tão grande para me dar podia chegar perto dessa que eu já recebi, né?

Joelson achou uma forma intuitiva para entender a lógica do perdão judicial — mas seu advogado sabia muito bem que isso não era aplicável ao latrocínio. A questão que teríamos de responder é: se o roubo tem uma pena bem maior quando resulta numa lesão muito séria, será que conta a lesão que o próprio autor do fato sofreu?

O promotor que nos acompanhou na expedição e voltaria de carona para o Fórum pediu para fumar um cigarro antes de se espremer na viatura e passar, com sorte, a próxima hora no trânsito. Enquanto batia as últimas cinzas no chão, me advertiu:

— Eu sei o que você está pensando. E já lhe adianto que não concordo.

Não tive forças nem vontade para responder; mas tão logo esmagou com o sapato a bagana que restara na calçada esburacada, ele mesmo emendou:

— Mas não vou recorrer.

Em causa própria

Ele era o réu. E também o advogado. E se pode parecer que apenas eu tinha achado a situação um pouco inusitada, tão logo se aproximou da mesa, ele me perguntou, olhando para as cadeiras:
— Onde eu me sento, excelência?

Os advogados experientes costumam dizer que essa é uma das primeiras lições da profissão: jamais defender a si mesmo, sobretudo, em um processo criminal. Que dirá em um processo no qual é a sua condição de advogado que está sob tiroteio.

Não fora um crime praticado com violência ou grave ameaça. Mas deixou uma família em desabrigo — uma viúva indignada, e os herdeiros à míngua. Dona Neide praguejou contra a demora da justiça por três longos anos, até que o sobrinho de sua vizinha resolveu olhar o processo no fórum. Ela já havia recebido a indenização que a empresa do falecido depositara em juízo, quer dizer, o advogado havia recebido em nome dela, o que, aliás, podia fazer pelos poderes da procuração que ela lhe outorgara.

A partir daí, iniciou-se uma *via crucis*. Porque o advogado ora lhe pedia um prazo, ora se escondia para não cumpri-lo; o doutor dizia que ainda faltava receber uma parte e ao mesmo tempo, que parte do que recebera era dele mesmo. No fim das contas, dona Neide ficou no vazio, pois do advogado só ouviu desculpas. Como nós.

— Veja, excelência, ela me contratou, mas não entendeu que eu receberia uma parte dos valores que ela tinha direito. E também não acreditou que eu pudesse reter esses valores, enquanto todo o meu pagamento não chegasse.

A primeira capa das explicações não convenceu o promotor que apontou para uma folha do processo para mostrar que o depósito da empresa tinha sido integral e, portanto, nada mais havia a se esperar.

Ele partiu para a segunda:

— Tinha alguma discussão sobre juros, excelência, não lembro bem. Mas eu não consegui devolver no primeiro momento também porque estava com a conta descoberta e o banco, o senhor sabe como é, tragou aquele dinheiro. Sumiu.

O promotor quis saber, então, em que momento ele tinha tido condições de repassar o dinheiro à dona Neide.

E foi aí que veio o plano C:

— Bom, aí nós sentamos e fizemos um acerto.

Antes que o promotor tivesse chance de indagar, ele logo completou:

— Verbal, excelência, verbal. Eu sei, foi o meu erro. Mas eu confiei na viúva, fazer o que?

Agradeci ao destino e às regras do processo penal que não permitiram que dona Neide estivesse sentada na sala naquele momento — acho que pouco ou muito pouco ia sobrar do advogado-réu. Mas o estranhamento com as explicações furadas que ele apresentava, mal engatinhavam ainda. E como uma mentira chama outra, o cobertor ia paulatinamente desabrigando a parte que não conseguia vestir. E ela era grande.

A ele seria indagado que esclarecesse, enfim, se desse "acerto verbal" acabou resultando algum pagamento à vítima.

— Mas é lógico, excelência; fizemos em seis parcelas. Paguei cada uma delas, religiosamente. Em dinheiro, para não ter nenhum tipo de dúvida — e nem prova, pensei. E para que a viúva não tivesse dificuldade alguma em receber.

Aquilo, de fato, apaziguaria os ânimos — pelo menos no que respeita a atenuação dos dramas da vítima. Mas a questão que encafifou o promotor era por que ele demorara tanto para dizer isso e simplesmente não juntara os comprovantes, antes mesmo do recebimento da denúncia?

— Perdi os recibos, doutor. Mas que eles existiram, existiram. Quem paga mal, paga duas vezes, pensei com meus botões, mas ninguém naquela sala tinha qualquer esperança, por menor que fosse, de que ele tivesse realmente quitado, ainda que com anos de atraso, uma ínfima parte de sua dívida com dona Neide. Nós a tínhamos ouvido há menos de um mês, e na nossa frente, ela tinha dito que não recebera nada dele.

— Nem um só centavo — tomei a cautela de ditar essa resposta entre aspas, para que pudesse me lembrar da ênfase ao sentenciar.

Como, então, perder os recibos?

— Fui vítima de furto no escritório. A criminalidade está à solta na cidade.

Não era fácil tirar o promotor do sério. Ele era lhano, elegante e com o bom humor sempre à espreita. Não levantava a voz para ninguém — muito menos em audiência. Mas que ele sentiu uma leve cócega de fazê-lo desta vez, era visível para quem estivesse a seu lado. Seu corpo tremia, a irritação transbordava. Eu ensaiei um ar de reprovação, ainda que, indevida e sigilosamente, comungasse daquela indignação, ouvindo respostas que orbitavam entre o cinismo e a pura provocação. Afinal, ele tem o direito de não se incriminar e o interrogatório é para que o réu dê a sua versão — por mais estapafúrdia que fosse. Não deve ser punido por isso. O promotor esperou em silêncio, respirou um pouco mais e, felizmente, derivou para a ironia.

— Eu acho que nem preciso perguntar, posso deduzir que o senhor não foi fazer um Boletim de Ocorrência, estou certo?

— Eu achei que, como ela tinha recebido o que devia, ninguém mais ia precisar desses papéis.

— Mas eu imagino que havia outras coisas valiosas que foram subtraídas do seu escritório, não é mesmo, doutor? Ou o senhor não guardava lá nada de valor?

Ele parou, como quem refletisse. Simulou um rápido balanço de estoque, olhando um pouco para cima outro tanto para o lado, e resumiu, de forma impactante.

— Nada de valor que tenha sumido. Só tinha as esmeraldas, mas elas não foram levadas.

Eu fiquei curioso em saber por que diabos ele tinha um conjunto de esmeraldas em seu escritório (e porque tendo isso ainda assim se dizia quebrado), mas receei que teria a mesma curiosidade se ele mencionasse um tigre de bengala — como uma deixa para o desenrolar de outra história. Mesmo assim, ele explicou que recebera como pagamento de um cliente, mas, lógico, a essa altura já as tinha vendido...

Enquanto ouvia as alegações finais de parte a parte, ia montando a sentença na cabeça. Tradicionalmente, gostava de ditá-la logo assim que os debates acabavam. Para ter fresco na memória os relatos que ouvi e os argumentos que eles lançaram. Mas nesse caso, nem era preciso muito para concluir que o conjunto de explicações esfarrapadas, destituídas de qualquer base documental, não demandava lá um raciocínio muito elaborado. A desfaçatez parecia tal que contrabandeei uma certa ansiedade em proferir a sentença, para dizer diante do réu tudo aquilo o que pretendia falar ao advogado.

O promotor fez a sua parte e foi tomar um café porque achou que era perda de tempo esperar alguma reação, mas eu ainda era jovem o suficiente para me sentir confortável com o cumprimento do dever. E contava os minutos para poder começar.

O advogado podia não ter noção; ser um desalmado ou apenas um trambiqueiro. Não tinha sutileza, nem aparentava um conhecimento muito apurado do direito. Mas era bem afiado na matemática e tinha noção dos reflexos que o seu retardo era capaz de causar. Mal acabei de ditar o tamanho sua pena, ele me interrompeu abruptamente ainda antes de terminar a sentença:

— Excelência, uma pergunta: eu já posso arguir a prescrição?

Sequestro

— Isso eu não vou admitir, excelência. Nunca vi acontecer antes. E não vai acontecer agora.

O advogado bradou contra a informação que nos trazia o promotor. O homem da acusação, que há pouco saíra da sala de audiências a pedido da auxiliar da vara, voltara menos de um minuto depois, com os braços levantados, como um zagueiro que afasta a responsabilidade por uma falta dentro da área:

— A vítima disse que quer voltar à sala de reconhecimento. Eu disse que é com você.

— Eu quero que isso tudo conste da ata, excelência. Ela não pode simplesmente fazer de novo um reconhecimento, como se não tivesse feito o primeiro, em que não reconheceu o réu.

O advogado tinha razão em sua súplica, mas eu também não podia negar o pedido da vítima. Depois de quarenta minutos sozinho na sala de testemunhas, Gregório teria tido um insight, ou quem sabe uma assombração. A auxiliar confirmou que ele não tivera contato com ninguém — e que chamar o promotor havia sido ideia dela mesma, porque eu estava ocupado. Trouxemos a vítima para que se sentasse de novo na sala e explicasse o que estava se passando.

Devo dizer que encerrar a instrução deste processo não estava mesmo sendo fácil. A defesa já havia impetrado um Habeas Corpus pelo excesso de prazo da instrução, porque a vítima faltara a duas audiências, e o réu continuava preso. A terceira seria minha última tentativa de ouvir a vítima — e o promotor, que já estava escaldado com outros relaxamentos de flagrante pelo mesmo motivo, resolveu procurar o advogado da vítima. Recebeu como resposta que o medo era tamanho que seu cliente só viria se pudesse descer do carro diretamente para dentro do prédio e ele prometeu que ia cuidar disso.

O promotor, todavia, sentira um desânimo quando a vítima, que, enfim, compareceu à audiência, não reconheceu o réu entre três presos que lhe foram apresentados. E já estava se preparando para juntar os elementos de prova encontrados pelo caminho, como a prisão do réu no provável cativeiro, para justificar o pedido de condenação.

E enquanto ouvíamos o irmão da vítima, que havia sido o contato com os sequestradores e o responsável pelo pagamento do resgate, Gregório ficara se consumindo na sala de testemunhas num misto de angústia e solidão que, como viria a nos explicar, o fez lembrar dos dias mais amargos de sua vida.

— Eu estive pensando este tempo, doutor. Fechei os olhos e comecei a me ver com as correntes nos pés. Estava cansado e ficava quase todo o tempo jogado no chão. Teve alguns dias que nem quis me alimentar. Acho que eles pensaram que eu podia ficar doente. Talvez até morrer. Confesso que não teria desprezado a ideia, não. Mas nem isso eu podia fazer. Era vigiado dia e noite. E alimentado quase à força...

Gregório já tinha nos dito isso na colheita do depoimento. Mas percebi que era apenas a forma que tinha para introduzir o assunto que o trouxera de volta:

— Eu fechei os olhos e então vi tudo. Ele, doutor, ele usava um colar dourado. E uma cruz como pingente, uma cruz, veja só. Tinha uma respiração forte, quase sempre afobado ou ansioso. Braços muito peludos. Lá na salinha tudo me veio à tona de novo. Fiz força para lembrar, muita força.... Uma vez ele me deu comida, me obrigou a comer, eu resisti, mas acabei cedendo. Só que engasguei na hora de engolir, joguei metade pra fora. Ele estava muito perto de mim. Ele gritou e me xingou, quase me espancou naquela hora. Acho que dei uma golfada tão forte que atingiu até a bandana que ele usava para cobrir a cara. Essa foi a primeira vez que ele tirou o pano. Eu estou vendo a cara dele na minha frente, doutor. Agora eu me lembrei. É o que estava à esquerda, na fila.

— Mas, excelência, o senhor vai permitir nisso? — interveio indignado o advogado.

Ainda que o relato de Gregório tenha me deixado arrepiado — não conseguia ouvir o testemunho sem passar um filme na minha cabeça e ir revisitando as cenas — o máximo que eu podia fazer era registrar na ata e, conforme o seu pedido, providenciar um novo reconhecimento. Dei a ordem para que a escolta encontrasse mais um preso com características similares para ficar na fila; e, silenciosamente, pedi que alterassem a posição deles.

Tomei a cautela de ditar o aviso do promotor, a contrariedade do defensor e o pedido da vítima tudo isso no termo de audiência, antes que voltássemos para a sala de reconhecimento, o que apaziguou um pouco as reclamações da defesa. Mas quando entramos na sala escura e do outro lado do vidro quatro presos brancos, de estatura média e cabelos curtos foram colocados lado a lado, a vítima não teve um só momento de hesitação.

— Ele está no meio agora, doutor. É o número 2.

O advogado meneava a cabeça para um lado e para o outro; inquieto, pediu para que novas perguntas fossem feitas, e voltou a reclamar da vítima:

— Ela viu a foto dele em algum lugar, excelência. Só pode. A incomunicabilidade do testemunho foi quebrada e eu vou pedir a nulidade deste ato.

De imediato, como resposta à insinuação do doutor, Gregório entregou seu celular ao advogado, para que ele mesmo conferisse se havia alguma mensagem. E enquanto o advogado manipulava freneticamente o telefone à procura de indícios de

41

irregularidade, os policiais já estavam levando os presos de novo à carceragem. A vítima, então, completou:

— Não sei se isso ajuda, doutor, mas me lembrei também que ele tem uma tatuagem nas costas. Eu nunca a vi inteira, mas perto da nuca tem o que parece ser a cabeça de uma águia. Isso eu vi várias vezes.

O promotor sugeriu deixar para lá; argumentou que não seria necessária nova diligência:

— Ele já reconheceu o rosto do réu. Apontou para a gente aqui, no meio de outros. Perda de tempo, isso.

Mas o advogado insistiu que colocássemos seu réu de costas. Ele não tinha ideia do que podia acontecer, mas se apegou a uma última chance. Quando o réu se virou, nem foi preciso baixar o uniforme, para ter a certeza de que a vítima não se confundira. A cabeça da águia pousava sobre a gola e duas asas apontavam em direção aos ombros.

Foram trinta e cinco dias no chão frio, dormindo sobre um fino colchão e se alimentando em dias alternados. Ele foi obrigado a ouvir som em alto volume, a baixar a cabeça sempre que alguém se aproximasse, e ficar, na maior parte do tempo, com os pés acorrentados. Gregório não pôde falar com sua família nem uma só vez. E quando foi solto, de noite, totalmente desorientado, custou a compreender que seu pesadelo havia terminado.

Seu depoimento contundente era fiel às torturas a que fora submetido; três meses depois da libertação, ainda mantinha muitas imagens vivas em sua memória, compartilhando um medo que não tinha hora para acabar.

A extorsão mediante sequestro foi um dos detonadores da Lei dos Crimes Hediondos, em 1990, sobretudo, depois que empresários de renome se viram submetidos a tais sofrimentos. A lei que tornou as penas maiores e mais severas, que impôs uma prisão obrigatória e fulminou a progressão de regime, viria a ser um dos fatores mais decisivos para a explosão carcerária. Mas não aumentou em absolutamente nada a segurança das pessoas. Ao contrário, os crimes se multiplicaram.

Quando o sequestro entrou na moda, e passou a ser divulgado incessantemente por programas policiais de rádio e até mesmo nas manchetes dos telejornais mais reputados, vitaminando o pânico moral que legitimaria leis mais duras, uma série de iniciantes e despreparados assaltantes viram na onda a chance de um lucro maior.

Os sequestros se popularizaram, os cativeiros se tornaram mais precários, e as táticas de negociação bem rudimentares. As fragilidades dos maus imitadores impulsionavam, com frequência, as estatísticas policiais de solução de casos; mas ao mesmo tempo contribuíam para um volume ainda maior de violências destinadas a esconder erros triviais.

Indiferentes ao novo rigor da lei, os crimes de sequestro cresciam — como, aliás, outros de que a lei tratava, como tráfico de drogas, que viria a ser central para formar o grande encarceramento. Apagamos fogo com querosene e ainda daríamos oxigênio para que facções criminosas crescessem e se fortalecessem nas cadeias, turbinando o círculo vicioso que impulsionava a criminalidade.

As audiências de sequestro eram sempre um sacrifício; nosso papel dependia de revolver os momentos mais traumatizantes que eram aqueles que as pessoas queriam esquecer o quanto antes, causando ainda mais dores às vítimas.

Gregório saiu da audiência como se tivesse levado uma surra. O esforço mental a que se entregou para buscar fragmentos de memória que nos pudessem ser relevantes, lhe provocara um enorme desgaste. Disposto a não vir ao Fórum de início, ou não reconhecer os sequestradores na primeira parte da audiência, ele acabou sendo, ao final, o pivô da condenação de seu algoz. O *tour de force* que empreendeu para isso teria o seu preço: ao virar a página dos dias passados, o que lhe esperava era mais medo e apreensão, pelo que tinha à frente.

Apenas um réu de um grupo de pelo menos meia dúzia de sequestradores havia sido preso até então. A esta altura, Gregório não disfarçava sua torcida:

— Espero que não prendam mais ninguém, doutor. Não quero ter de repetir isso. Nunca mais.

Meu quadrado

O reconhecimento é um importante mecanismo de prova da autoria. Por ele, vítimas e testemunhas identificam o suspeito, indiciado ou o réu, como a pessoa que praticou o crime. Em certos fatos, que se desenvolvem com intenso contato pessoal, chega a ser uma diligência necessária para julgar o réu. O problema é ser tratado como suficiente. Há uma profusão de lapsos, falsas memórias e sugestionamentos, que estimulam a troca de gato por lebre, contribuindo fortemente para erros judiciários.

Muitas vezes é o policial que indica à vítima a pessoa que ela deve reconhecer; outras vezes, a vítima se sente constrangida a fazê-lo, apenas em compensação aos esforços da investigação. Em certos casos, a vontade de punir é tamanha, que reconhecer a pessoa que foi presa ou está sendo processada é a única forma da vítima seguir adiante. Em geral, não se erra por mal, mas pela vontade grande demais de acertar.

Com o reconhecimento fotográfico, esses riscos se ampliam fortemente.

Eu aprendi isso na prática — o Ricardo aprendeu isso comigo.

O documento de identidade dele foi encontrado dentro do carro que havia sido roubado. O ladrão fugiu, antes que a polícia conseguisse prendê-lo. Para a vítima só foi apresentada o RG de Ricardo. No auto de reconhecimento, constou que ela tinha 100% de certeza que era a mesma pessoa — ainda que não tivesse feito nenhuma descrição do assaltante antes de olhar o documento.

Ricardo não foi encontrado no único endereço que a polícia achou dele. Então, noves fora, com os elementos contrários e nada a seu favor, Ricardo virou réu. O promotor queria mais, queria a prisão preventiva, já que ele seria autor de um fato grave e teria fugido logo depois. Pelo sim pelo não, achei melhor não decretá-la, ao menos até tentar ouvir a versão de Ricardo.

Com um pouco de esforço, ofícios aqui e acolá, seu novo endereço foi encontrado. Ricardo foi citado na sua casa e veio ao Fórum para ser interrogado — naquele tempo, os processos começavam com a palavra do réu.

E a palavra dele foi não.

Nunca havia cometido nenhum roubo. Não lembrava onde estava naquele dia — haviam se passado meses, quem é que teria essa lembrança segura. Não apresentou Boletim de Ocorrência do extravio da carteira de identidade. Àquela altura, ele já tinha uma nova, mas não se lembrava desde quando esteve sem. Não tinha tido nenhum contato com o carro em questão — não foi procurado pela polícia em seu endereço. Não ouviu falar da vítima. Nunca esteve armado.

Eu expliquei a ele que havia um pedido de sua prisão. E que eu não tinha aceito, justamente porque achava possível, antes, submetê-lo a reconhecimento pessoal pelas vítimas. Porque, expliquei, até agora elas só viram seu RG. Mas para isso, seria indispensável que ele comparecesse na próxima audiência, e absolutamente proibido que tivesse qualquer aproximação com a vítima, amigos ou familiares dela.

Talvez eu o tenha assustado, insinuando que poderia prendê-lo de acordo com o resultado do reconhecimento, mas o fato é que ele se comprometeu fortemente a estar presente na audiência seguinte e saiu intimado da data.

Mas no dia em que a vítima e sua tia estiveram no Fórum, na audiência em que seria tentado o reconhecimento pessoal, oportunidade em que poderíamos por à prova, a validade do reconhecimento fotográfico, ele não compareceu.

Não vou mentir, senti um certo desprezo da parte dele. É como se eu o estivesse ajudando, indeferindo a prisão preventiva, mas ele não correspondera, faltando à audiência. Com a sua ausência, passei a achar que tinha sido enganado. E que ele de fato tinha uma boa razão para evitar o reconhecimento. Pelo visto, solto é que não iríamos conseguir realizá-lo.

Pensei por alguns minutos — muito menos do que deveria, certamente. E decretei sua prisão preventiva. Tive a clara impressão de que ele tentava evitar ser visto pela vítima. Mas a certeza mesmo só veio quando, duas horas depois que vítima e testemunha tinham ido embora do Fórum, ele se apresentou calmamente para a audiência.

O espertalhão sairia tosquiado, pois já tinha contra si uma ordem de prisão. E eu não me dispus a revogá-la — apesar de um certo estranhamento da escrivã. Mandei apenas que ele fosse intimado de uma nova data para que, enfim, pudéssemos fazer a audiência. Ele voltaria dez dias depois, no bonde do CDP, sob um uniforme amarelo e as ordens do dia da escolta.

— Doutor, não foi ele.

A testemunha disse que não conseguia identificá-lo, mas a vítima, a dona do carro, foi peremptória.

— Não tem a mesma cara, não. É mais baixo, franzino, acho que até mais claro do que o ladrão, doutor.

Confrontada com os seus 100% de certeza da delegacia, a vítima arrematou:

— Eu disse que parecia com ele. E aí me perguntaram tantas vezes, que eu acabei me convencendo. Mas era uma foto três por quatro, né? Olhando assim, agora, ele mesmo, de corpo inteiro, só posso dizer isso doutor. Não é ele não.

Fiquei com a broxa na mão. E a certeza de que provocara um sofrimento gratuito a Ricardo — que, lógico, apesar de tudo, saiu aliviado.

Não foi apenas duvidar do reconhecimento fotográfico que o caso de Ricardo me ensinou; mas, sobretudo, de refrear os ânimos, não tomar decisões apressadas, e não levar as posturas do réu no processo como uma provocação pessoal. A gente não tem acesso a todas as informações para que as conclusões sejam assim tão seguras.

E já que minha autoconfiança como juiz havia ruído um pouco naquela tarde, nem tive condições de responder à observação afiada que a promotora lançou ao ar quando já se levantava:

— Prender não é mesmo a tua praia...

Sinceridade

Não foi apenas a acusação que descortinou minha pouca adaptação para as decisões abruptas de prisão; a defesa também teve a oportunidade de se revoltar com o que chamaria, em boca miúda, de uma intuição muito mal calibrada.

Estávamos no antigo Palácio Mauá, prédio majestoso desenhado por Prestes Maia, que tinha sido sede da Federação das Indústrias e do Instituto de Engenharia. O edifício de vinte e um andares, que ocupava de forma quase solitária a calçada esquerda do Viaduto Dona Paulina, principal artéria de ligação entre as praças da Sé e da República, serviu de Fórum Criminal por cerca de duas décadas. Foi lá que se desenrolaram as audiências do processo de César.

A Defensoria Pública ainda não havia sido criada no Estado, que até então ignorava a determinação constitucional, em um atraso que tangenciaria vinte anos. Mas seu papel era então desempenhado pelos membros da Procuradoria de Assistência Judiciária que, verdade seja dita, estava recheada de profissionais com enorme expertise, parte dos quais, inclusive, viria inaugurar a futura instituição. Com os procuradores sempre privei de um ótimo relacionamento — um pouco abalado, admito, pelo caso de César.

Foi nesse dia que a procuradora que oficiava na nossa vara praticamente invadiu a sala de audiências para cobrar, de forma enérgica, o exagero de minha ação ou, subsidiariamente, uma omissão ao nosso pacto de gentilezas:

— Você mandou prender o meu réu, antes mesmo de começar a audiência?

Confesso que a esta altura não estava ligando o nome à pessoa. Mas me lembrei que no começo da tarde, a escrivã me procurara para perguntar o que fazer com o réu foragido que se apresentara para a audiência.

— Ué, ele não fugiu da prisão? Aqui ele foi só recapturado — não tem nenhuma decisão minha nisso.

— Ele fugiu da cadeia, não da prisão — a princípio não entendi muito bem a diferença. Mas ela tentou me explicar com um pouco mais de detalhes — ele voltou para casa, para o endereço que tínhamos no processo e recebeu o mandado de intimação desta audiência lá mesmo. E ainda compareceu aqui. Foi essa obediência que você recompensou mandando prendê-lo de novo?

— O oficial de justiça que foi intimá-lo em casa já deveria tê-lo prendido, não?

— Ele deve ter tido uma boa razão para não fazê-lo, não é mesmo? Talvez ele tenha se dignado a ouvir o que o réu tinha a dizer antes...

De fato, a situação era meio inusitada. Mas juridicamente eu estava coberto de razão. Com prisão preventiva decretada e tendo fugido da cadeia, César não podia ser simplesmente solto apenas porque compareceu à audiência. Não havia como ignorar um mandado de recaptura em aberto. Isso significaria que era ele e não o juiz que estaria decidindo sobre sua própria liberdade.

Mais tarde, no entanto, é que vim a saber que havia um certo combinado da casa, de o cartório avisar aos procuradores quando um réu, com mandado de prisão a cumprir, aparecesse no Fórum. Havia uma certa lógica. Aqueles que tinham condição de contratar advogados, normalmente os consultavam antes de tomar qualquer providência no Fórum. Mas os advogados de quem não tinha condição de contratar trabalhavam justamente dentro do Fórum.

Mas essa regra não-escrita, eu, como juiz, não tinha nenhuma condição de cumprir. Chegando a mim que havia um réu para ser recapturado, não entendi que pudesse tomar qualquer outra conduta a não ser determinar que o mandado fosse cumprido. Depois é que fui compreender que a minha parte no acordo seria mandar avisar à defesa; a dela, a de não agir furtivamente para impedir o cumprimento, e sim trazer o caso ao juiz, quem sabe, já com um pedido de liberdade. O que eu teria feito, no caso, era não confiar que ela fizesse a sua parte.

Enfim, não faltavam policiais militares circulando no Fórum, fazendo escoltas, seguranças ou até prestando testemunhos. Algum deles a pedido da escrivã tomou a providência de algemá-lo, antes de iniciar a audiência. E quando a procuradora chegou à porta da sala, justamente para a conversa prévia, foi surpreendida com a prisão, e reclamava na linha do "isso nunca me aconteceu antes".

Mas o próprio réu, como viemos a perceber, tinha plena consciência de sua situação:

— Eu sabia que ia ser preso hoje aqui; se eu não quisesse ser preso, doutor, eu não vinha.

Curioso era tentar entender por que, afinal de contas, ele queria ser preso.

— Eu não quis fugir e sei que não tinha direito à liberdade. Mas todo mundo saiu da carceragem, eu não tive como ficar. Se ficasse ia acabar sendo acusado de entregar os que fugiram. Então eu voltei para minha casa e esperei me chamarem de volta.

Eu expliquei a ele que agradecia o seu respeito ao processo e que isso ia ser considerado em um posterior pedido de revogação de prisão preventiva. Mas disse também que eu não podia simplesmente deixá-lo em liberdade nestas condições.

A procuradora reclamou da minha intransigência, mas o fato é que a demonstração de sinceridade de César ia acabar lhe sendo muito mais útil no correr do processo. Porque, ao mesmo tempo em que abandonou o sistema junto com os demais, e voltou para casa onde foi intimado da audiência, ele também confessou sua participação no crime, mas com um pequeno detalhe que ia fazer toda a diferença.

César e seu amigo estavam sendo processados por nada menos do que um assalto a banco. A princípio, apenas o amigo foi preso. César que tinha a incumbência de esperar do lado de fora, não estava quando o colega saiu. Nem quando ele resistiu à prisão e trocou tiros na rua com a polícia.

Mas mal chegara à sua casa, foi procurado pelos PMs que receberam a informação do corréu.

Desde o primeiro momento ele dizia a mesma coisa:

— A gente combinou de assaltar o banco e eu ia ficar do lado de fora para ver se não aparecia nenhuma polícia. Mas eu fiquei nervoso, fiquei com medo. Estava tremendo, nunca tinha feito isso antes. Assim que ele entrou, eu fui embora. É verdade doutor, eu deixei ele na mão; vai ver que foi por isso que ele me dedurou aos *polícia*.

E a delação de seu amigo era, de fato, a prova mais forte contra César, que não tinha sido visto por nenhuma testemunha nem dentro da agência, nem do lado de fora. E foi preso sem dinheiro e sem arma, que ele, de fato, não possuía. Mas como César confirmou que esteve lá e que tinha acertado participar do roubo ao banco, não se podia dizer que a delação estava totalmente isolada como prova.

Até então não havia me deparado com a situação de uma desistência voluntária em um assalto à banco — verdade que essa tentativa com apenas um roubador entrando armado na agência, era também bem peculiar. Mas como a jurisprudência autorizava a recepção parcial da confissão — ou seja, confiar na parte em que ele admite o acerto com o corréu e ignorar a parte em que alega não ter ido até o fim, o que ele buscava era, de certa forma, uma absolvição bem difícil.

A questão dependia de confiar plenamente na versão da desistência — e que o fizera por vontade própria, ou seja, antes da chegada da polícia que provocou a tentativa de fuga de seu amigo.

E foi nesse momento que sua defensora nos jogou na cara a sinceridade que exalava de César, durante todo o processo:

— Ele foi preso em sua casa, sem nada que o ligasse ao crime; nem arma, nem dinheiro, nem uma mísera testemunha que o tivesse visto do lado de fora da agência bancária. Mas ele não negou aos policiais que tivesse acertado o roubo com o amigo –ao contrário, mesmo delatado, ainda quis saber se o amigo estava fora de perigo. Foi obrigado a fugir de uma carceragem fétida nos fundos de uma delegacia de polícia, para não ser confundido com um traíra — e voltou para sua casa, onde aguardou pacientemente a intimação para a audiência. Intimado, compareceu, mesmo sabendo que seria levado de volta à cadeia. Preso, nem reclamou — assumiu a culpa, que não tinha, pela fuga a que foi obrigado. Por que, depois de todo esse quadro, nós haveríamos de colocar em dúvida sua alegação de que desistira do roubo?

Fim de papo. Absolvição decretada, sem recurso.

Resistência

Maicon vestiu sua melhor camisa para vir ao Fórum. Talvez a de festa ou quem sabe a de culto. Abotoou até o pescoço para parecer mais respeitável. Calou-se a maior parte do tempo e quando falou foi, basicamente, para confessar seu crime. Ele viera para ser julgado por um furto. Mas concluí o termo de audiência requisitando instauração de inquérito policial por homicídio. Deu para sentir o quanto ele estava aliviado por não ter sido a vítima.

Tudo começou com o aparelho de GPS.

Depois da febre dos toca-CDs e antes que se disseminasse o uso do Waze, os aparelhos de GPS eram o objeto de desejo de nove entre dez furtos de bens no interior de veículos. Substituindo os antigos guias Mapograf, com dezenas e dezenas de páginas de visibilidade bem reduzida, os aparelhos de localização transpostos às ruas da cidade viraram equipamentos indispensáveis a qualquer motorista, sobretudo em metrópoles como São Paulo, em que nem os mais experientes taxistas a conheciam por inteiro.

Além da relevância do uso, os primeiros aparelhos não eram nada baratos e representavam um investimento razoável para quem encarava o trânsito como profissão. E, ao mesmo tempo, para que pudessem estar à mão na agilidade de uma corrida, costumavam ficar bem à vista, pendurados em um suporte pregado no vidro para-brisas.

Foi assim que Maicon e seu amigo José tiveram a atenção despertada, quando o motorista parou o veículo e desceu para almoçar. Ele não explicou direito se a porta do carro estava aberta ou se eles conseguiram abri-la por pura destreza, mas o fato é que não houve arrombamento — e o alarme também não disparou, porque o motorista, disse-nos depois, jamais quis gastar dinheiro com isso.

Assim, em um furto sem barulho, o taxista só soube de algo estranho acontecendo, porque, da mesa de bar onde estava sentado, viu uma viatura da polícia com o giroflex ligado e alguns gritos em seguida. Poucos minutos se passaram desse sinal de alerta, antes que um policial militar entrasse no bar e perguntasse se o táxi estacionado ali adiante era de alguém que estava lá.

Enfim, a polícia tinha recuperado seu aparelho e não havia danos no veículo. Apesar disso, o taxista só receberia seu GPS de volta na delegacia, quando o delegado lavrasse o auto de apreensão e avaliação do objeto. Ao final, pensou ele, seu prejuízo acabou sendo mesmo a tarde perdida sem corridas, entre depoimentos e assinaturas.

Maicon foi levado preso, mas porque era primário, seria solto dois dias depois.

Então perdemos mais tempo na audiência tentando entender o que acontecera com José.

— Quando nós chegamos, eles estavam ainda perto do carro; esse rapaz aqui ficou parado com o alerta da polícia, e foi preso. Mas o outro, doutor, ele fugiu. Fugiu, correu, saltou, fez de tudo, até entrar dentro de um rio ele entrou.

Os policiais fizeram o que podiam e o que não podiam para prendê-lo. Ainda que, a princípio, se tratasse de um furtador de um bem já recuperado. E quando digo que fizeram tudo, foi tudo mesmo. Maicon não chegou a ver José depois da fuga. Só na delegacia é que ficou sabendo que o amigo estava morto.

— Foi um confronto, excelência. Ele atirou primeiro e nós respondemos em legítima defesa.

A única referência à morte nos autos era o laudo necroscópico, com registro de ferimentos em José por quatro balas, pelo menos três delas que entraram em seu corpo pelas costas. A explicação de legítima defesa parecia ser a menos provável, considerando o trajeto dos projéteis. Quisemos saber, então, acerca dos disparos de José: felizmente não atingiram ninguém, responderam.

Mas não muito mais do que isso. Nenhum disparo tampouco atingiu a viatura. Não houve perícia no local em busca de balas perdidas.

— Mas naquela hora, doutor, ele se virou e atirou, não deu para ver ou pensar mais nada. Ou era ele, ou éramos nós.

Nós, porque afinal de contas, foram três policiais que o cercaram. Mas como ele teria pulado no riacho, todos ficaram sem saber o que faria depois. Os disparos teriam sido, assim, uma surpresa.

— A arma foi apreendida e periciada. E tinha cartuchos deflagrados, assinalou o primeiro policial.

Como se sabe, a letalidade da polícia brasileira atingia níveis escandalosamente altos, com homicídios muitas vezes embutidos no rodapé de autos de resistência. Assim, a hipótese de um furtador pé-de-chinelo se dispor a entrar em um daqueles confrontos dos quais a prova se resumia aos relatos dos próprios policiais, despertava certa desconfiança. Ele tinha tão mais a perder, depois de uma fuga em tamanho desespero, que era pouco crível que saísse disparando, quando podia ser preso e solto, como seu colega, dias depois. Para conferir essa possibilidade, ainda consultei a folha de antecedentes de José, que também estava zerada.

O quadro se tornou mais contundente com o relato de Maicon, que, como pudemos perceber, considerava um fim de semana na prisão e um processo por furto uma benção diante do que o destino separou a José. Temeroso, não se esforçou em defendê-lo, mas trouxe informações valiosas.

— Olha, eu acho que ele fez o errado, porque se a polícia gritou "perdeu, perdeu", é que a gente não tinha que tentar fugir. Era pra ficar lá parado, *casa caiu*. Eles iam até o fim para conseguir prender, estava na cara isso. Eu não sei o que o Zé fez e o que ele não fez quando fugiu, não sei dizer se mereceu o que levou. Só sei dizer que armado ele não tava. A única coisa que ele fez foi largar o chinelo no chão pra poder correr melhor. E mesmo o aparelho era eu que estava guardando, porque ele estava só de bermuda, sem camisa, como é que ia fazer...

O promotor pediu a palavra e consignou no termo a proposta de suspensão condicional do processo para Maicon:

— Está claro que foi só uma tentativa, justificou-se.

Concordamos que a morte de José precisava ser investigada, porque a explicação de que ele teria reagido à bala só se sustentava na crença, muito difundida nos meios forenses, a propósito, de que policiais têm fé pública e um irrestrito compromisso com a integridade. Os elementos ali trazidos certamente nos permitiam duvidar.

Maicon saiu com a obrigação de comparecer a cada três meses no nosso cartório para comprovar seu endereço e, eventualmente, comunicar alguma atividade de trabalho. Se não fosse processado nos próximos dois anos, estava tudo terminado.

Ele respirou ainda mais aliviado e garantiu que faria tudo certinho. Antes de sair, fez questão de dizer que tinha aprendido uma grande lição com seu primeiro furto.

— Isso aqui não é vida, não, senhor.

Detração

Pelas regras do processo penal, a prisão provisória deve ter um fundamento cautelar, deve servir para garantir a integridade do processo, a aplicação da pena, em caso de condenação, ou, o que é um pouco mais vago, a ordem pública, no sentido de evitar-se uma contínua reiteração de crimes. Mas não deve ser, de maneira alguma, antecipação da pena que só se pode executar depois que o processo termina.

Esse equilíbrio parece mais simples no papel do que na prática; aliás, o volume de um terço de presos provisórios no sistema penitenciário, já dá uma ideia de que esses critérios não são lá muito respeitados. Até a denominação é estranha, porque quando o juiz solta o réu, por entender que ele não precisa esperar o julgamento na cadeia, concede-lhe a liberdade provisória — quando provisória é que deveria ser a prisão.

Enfim, uma das coisas que procurava mais evitar era o exagero, o réu ser mantido preso, quando muito provavelmente, poderia cumprir, se condenado, sua pena em liberdade, seja prestando serviços ou mesmo em albergue domiciliar. E essa preocupação não era à toa. Pesquisas mostram que mais de um terço dos réus acabam sendo soltos justamente quando o processo termina — seja porque são absolvidos, seja porque suas penas não exigem custódia.

Mas às vezes, era quase inevitável manter-se a prisão de réus que estabeleciam para com a cadeia uma espécie de porta-giratória: assim que saíam, logo cometiam os crimes que os traziam de volta. Era o caso, por exemplo, de alguns punguistas, hábeis no furto de carteiras em transporte público, que acabavam por fazer da destreza e da clandestinidade uma profissão de fé.

Nestes casos, como em outros de furtos cometidos por velhos cadeeiros, estávamos entre a cruz e a caldeirinha: as penas não são altas, porque os crimes não eram cometidos com violência ou grave ameaça. E muitas vezes, não passavam da tentativa. Mas ao mesmo tempo, era difícil supor que se manteriam à disposição da justiça durante o processo ou que de alguma forma estancariam uma sequência quase ininterrupta de crimes.

Era o caso de Seu Gerson, que portava uma volumosa folha de antecedentes, sobretudo de furtos.

Nestes casos, mantinha a prisão provisória, mas na hora de dar a sentença, a pena a ser aplicada já estava perto do fim, considerando o tempo que o processo levava com eles presos.

Portanto, me acostumei a aplicar o que chamava, talvez impropriamente, de detração analógica. Detração é a regra que permite abater na pena final, aquela cumprida durante o processo. Esse "analógico" queria dizer "parecido, similar", porque a conta que fazia não era propriamente do tamanho da pena e quanto sobrava, mas do regime de cumprimento de acordo com as regras de progressão. Em outras palavras, se o réu ficasse preso antes da sentença, por quatro meses de uma pena de cinco, não havia sentido em fixar o regime fechado pensando na reincidência. Porque pelas regras da progressão, depois de cumprir 80% da pena, ele já deveria estar há muito tempo no regime aberto.

Era mais ou menos aquilo que pensei para o Seu Gerson, tão logo ouvi as testemunhas que indicavam como segura a autoria do furto a ele imputado.

A detração não era lá muito bem quista e vez por outra, quando havia recurso, o tribunal a desconsiderava. Mas para processos de duração muita longa, alguns chegavam a durar anos, não aplicá-la seria uma enorme injustiça para com os réus. Um dia fui surpreendido com o telefonema de um grande amigo que trabalhava no Ministério da Justiça para discutir exatamente esta questão — eu expliquei como fazia e porque achava que isso devia ser feito por todos.

Dessas e de outras conversas, certamente com pessoas mais qualificadas, nasceu a lei da "detração", cuja redação acabou simplificada quem sabe se não pelas minhas próprias sugestões — achei que não era preciso explicar demais, porque tudo parecia muito lógico.

Talvez pela falta de um maior detalhamento, talvez por aquilo que ela representava — uma espécie de sentimento de culpa pela prisão antecipada — o instituto acabou sendo pouco acolhido pelos juízes, mesmo depois que virou lei. Alguns diziam que ela favorecia muito quem era preso logo de cara (o que soava um pouco contraditório) ou que ela só serviria mesmo para "esvaziar prisões" — aquele argumento terrorista que volta e meia é propagado, sem muito lastro empírico, como prevenção a quaisquer alterações.

Mas isso nunca foi automático, tipo aquilo que a gente faz para todo mundo, não importa as circunstâncias ou consequências. Sempre entendi que o direito penal tinha muito de casuístico e saber reconhecer casos similares e diferentes deveria ser uma tarefa primordial dos juízes. Celso Limongi, desembargador amigo e muito respeitável, costumava dizer, com um pouquinho de exagero, outro tanto de ironia: eu tenho medo dos juízes coerentes demais.

Era a hora de ser interrogado e Seu Gerson, sabedor das poucas chances de vitória, devia ter pensado em compensar as desvantagens de seu histórico criminal com a admissão da culpa — mas ninguém na sala podia ter noção do tamanho de sua confissão.

Quando ele iniciou suas respostas admitindo o crime — sem desculpas nem justificativas — já fui fazendo as contas sobre o tempo de sua prisão provisória para ver o regime que fixaria para ele.

Colocando a carroça na frente dos bois, demorei a me atentar para o fato de que não havia feito as perguntas de praxe que o código de processo determina em um interrogatório, para saber as oportunidades que o réu teve na vida, estudo, residência, trabalho etc. Quando eu lhe perguntei sobre profissão, não abriu mão de um milímetro da sinceridade que marcou toda sua oitiva:

— Olha, doutor, deixa eu lhe falar uma coisa. Eu nunca trabalhei um só dia na minha vida.

E enquanto ainda estávamos boquiabertos com a resposta tentando entender o alcance daquele relato, ele ainda emendou com ousadia:

— E mesmo assim consegui dar de comer para minha família e até uma casinha para minha filha, onde ela está morando hoje — depois dessa a defensora se levantou como quem entrega os pontos, enquanto o promotor abriu um sorriso de orelha a orelha.

Acho que Seu Gerson teria continuado a propagar que o crime compensa se eu não o tivesse interrompido e dito que já estava satisfeito com a resposta. Nunca entendi bem se fora apenas sincero e orgulhoso de si mesmo, ou simplesmente não queria que eu lhe mandasse de volta para casa. E, de fato, não o mandei, porque até as melhores teses comportam adequação aos casos singulares. E a gente deve sopesar quando empregá-las.

Mas quando veio o acórdão, percebi que minha relutância tinha sido até bem econômica. O desembargador que relatou o apelo do promotor por uma pena ainda mais severa, pareceu ter encontrado um bode expiatório para confirmar seus conhecidos entendimentos sobre a maldade humana. E desfiou um rosário de explicações, e algumas contas matemáticas não tão fáceis de compreender, para que a pena resultasse, afinal, no dobro da que eu fixara.

Não podemos dizer que, de uma certa forma, Seu Gerson não tenha merecido o castigo.

Mas no cômputo geral, penso que a detração economizou um bocado de prisão àqueles que foram meus réus, e, depois da lei, a vários outros também, esvaziando, todavia, muito menos cadeias do que se propagava. Para o gáudio de tantos, elas continuam e continuarão lotadas por um bom tempo — de alguns velhos conhecidos como Seu Gerson em seu eterno retorno e de muitos outros jovens tragados nas redes da lógica, da disciplina e do preconceito.

Até hoje, considero que a melhor forma de anular a ideia de detração como um benefício desmedido a quem não merece, é eliminar o hábito de prender primeiro e julgar depois.

Doutor Edgar

Doutor Edgar era um advogado combativo. Cortez, ponderado, mas incisivo.

E ser um advogado incisivo significava muitas vezes granjear inimizades. No campo penal, não era raro quando se esforçava em provar arbitrariedades dos policiais em abordagens ou prisões, que poderiam favorecer a seus clientes. Nunca foi desleal, mas apesar de respeitoso, não vivia de fazer média.

Com isso, angariava desafetos. E numa cidade pequena, essas coisas sempre repercutem, porque não são tantos advogados nem tantos policiais assim.

Dito isso, arrisco-me a dizer que o policial militar sentado à minha frente parecia estar saboreando os detalhes sórdidos da prisão que relatava.

— A gente chegou perto doutor, porque o carro balançava. Isso que despertou nossa suspeita. E olha, balançava bastante.

Tudo era menos perigoso do que se supunha. Naquela madrugada fria de agosto, os vidros do automóvel ficaram embaçados e não era possível ver, nem a uma pequena distância, o motivo de tamanho movimento.

— Foi aí que a gente colocou a luz em cima. Para ver o que estava acontecendo. A gente não sabia antes o que era.

Edgar estava quieto, sentado no canto da mesa. Mas vigilante a cada uma das palavras que ouvíamos. Por duas vezes, cochichou com o colega a seu lado que, com a mão espalmada lhe recomendava ainda mais calma. E silêncio.

— No começo, eu não o reconheci. Até porque, doutor, ele estava com a cabeça assim, como posso dizer, abaixada. Se pudesse escolher, eu preferia não ter visto isso, mas polícia não escolhe o que vê, não é mesmo?

Seu fragmento de solidariedade não me convenceu muito. Principalmente pelo que ainda viria:

— Sendo direto, doutor, ele estava é com a boca na botija. O outro com tudo pra fora. Foi só depois que ele se recompôs que eu consegui reconhecer. E vi que era o doutor Edgar.

O promotor disse que estava satisfeito e que tinha um adolescente para ouvir na sala ao lado, deixando-me só para absorver o constrangimento da situação. Constrangimento que o policial não pretendeu atenuar, pois chegou a me perguntar por duas vezes se eu havia entendido a situação que o obrigara a agir.

— O pior de tudo foi ele querer dar uma carteirada. A gente tendo que esperar os dois se vestirem para descer do carro e o doutor aí veio gritando que era advogado. Mas na hora de fazer safadeza na rua, ele não queria que ninguém soubesse quem era, não é mesmo?

Edgar não sucumbiu. Durante a fala do policial, escreveu algumas linhas em um papel e passou a seu colega. Razoável, como era, ele sabia que não devia se defender em causa própria. Não do ato obsceno que lhe era atribuído. E já sabia que sua prisão corria de boca em boca nos meios policiais — e no Fórum também, porque a fofoca, instituição nacional que é, tinha ainda mais trânsito nos corredores forenses.

Ele podia estar com raiva, mas a defesa que apresentou foi sóbria. Seu advogado fez as perguntas para as quais já tínhamos respostas, apenas como forma de realçar o que lhe parecia importante ao processo:

— A noite estava escura? O carro estava em um local bem iluminado? Quando o senhor viu à distância, não conseguiu ver nem quem era nem o que faziam dentro do carro, não é isso? E nem quando chegou perto, porque ainda assim foi preciso acender a luz forte, certo? Ainda mais que os vidros estavam embaçados...

O policial sabia onde isso ia parar e não cansava de repetir que eles estavam "na via pública". Ou seja, qualquer do povo, frisava, podia passar naquele local, ainda que confirmasse que a noite estava um breu e não havia alma viva nas cercanias.

— O que eu não suportei foi o advogado aí depois de tudo querendo dar lição de moral...

A provocação era clara, mas o doutor Edgar não derrapou na casca de banana, em nenhum momento. Ficou impassível ao ouvir o relato dos policiais. E no seu interrogatório, fora bem econômico, buscando reduzir os fatos, ao dizer que estava apenas em uma conversa íntima. Mas ninguém sem roupa, muito menos fazendo o que o policial não se cansava de repetir.

— O senhor acha que eu não teria parado depois de ouvir a sirene?

Ser preso em flagrante no meio da noite por estar fazendo sexo oral no parceiro, dentro de um carro, não era propriamente um evento desimportante para o advogado. A censura moral seria impactante na cidade, com sérios reflexos, sobretudo, para quem tem por ofício e hábito falar duro com e dos policiais.

Mas não havia como entender que naquelas circunstâncias se consumara um ato obsceno.

Apesar de estarem em local público, a rua escura e erma não permitiam que eventuais carícias pudessem ser observadas por quem quer que fosse. Até a polícia, para conseguir ver o que se passava, e mal e mal, teve de ligar um holofote sobre o carro e ainda mandar que o vidro embaçado fosse aberto.

De qualquer forma, para o que interessava, a absolvição seria uma vitória de Pirro.

E de fato, eu demorei muito a rever Doutor Edgar no Fórum. Não sei se os clientes sumiram, se ele tinha passado seus casos para colegas, ou estava buscando clientela em outras praças, nas quais ainda não fosse imediatamente identificado.

Por isso, até estranhei quando dois meses depois, a assistente que organizava a entrada das pessoas na sala, me disse que tinha uma audiência de conciliação para fazer no meu gabinete — local onde aproveitava, no intervalo dos grandes processos, para tratar de questões mais simples, como a separação consensual.

— Doutor Edgar já está lhe esperando lá.

Esse tipo de audiência costumava durar poucos minutos, quando lia as cláusulas que eles tinham acertado e ouvia de ambos os cônjuges, de preferência separados, se estavam mesmo de acordo. A prática era tão corriqueira que, mais adiante, a lei permitiu que se fizesse no próprio cartório de registro civil, com o aval de um advogado.

Mas ainda assim fiquei feliz de rever o Doutor Edgar e perceber que estava de volta aos processos. Era um bom advogado e não merecia o tratamento que a cidade o dispensava. Entrei no meu gabinete, fiz questão de apertar-lhe a mão, e dizer que bom que era poder revê-lo. Cumprimentei sua cliente e me sentei para ler as cláusulas do acordo. Não sem antes sugerir:

— O senhor pode pedir para o marido entrar junto. Vamos falar de uma vez só — era uma forma de dizer que confiava em que o advogado chegara a um bom termo sem que precisasse me aprofundar no caso. Mas sua presença ali era menos alentadora do que minha expectativa indicava.

— Excelência, desculpe se vou constrangê-lo de novo. Mas neste caso, o marido sou eu mesmo.

Maria da Penha

— A senhora vai querer representar para que instauremos um processo contra o seu marido, dona Sileide?

— Sim, doutor, eu quero processar ele.

Olhei para a pauta, onde o promotor fizera algumas anotações de próprio punho, antes de começarem as audiências. Logo abaixo do item relativo ao processo que estava em julgamento, vinha escrito: "vou arquivar".

Então, pela lógica dos procedimentos, a mim cabia, naquele momento, dar a notícia àquela senhora de meia-idade que se enchera de coragem para acusar o marido, depois de, segundo ela, ter se cansado de ser agredida: infelizmente, o processo não vai nem começar.

Aquela era a primeira parte da audiência, destinada a colher da vítima o real interesse em processar o agressor. Era tão comum que as esposas desistissem, sobretudo se houvesse reconciliação do casal, ou muitas vezes, a simples dependência, que era mais ou menos como se a gente perguntasse: mas a senhora quer *mesmo* que ele seja processado?

Anos depois, essa situação mudou, porque o Supremo reconheceu que, nos casos de violência doméstica, não se fazia mais necessária a representação para a instauração do processo, que podia se iniciar mesmo sem e até mesmo contra a vontade da vítima.

Essa decisão causou uma enorme polêmica. Parte dos juristas entendia que haveria um paternalismo excessivo para com as vítimas, pois elas deveriam saber se queriam ou não processar seus agressores; as ativistas dos movimentos feministas aplaudiram, pois sabiam as dificuldades que era, para muitas mulheres, ser a juíza desta situação.

O fato é que certo ou errado, o Supremo captou o que legislador pretendia fazer quando editou a Lei Maria da Penha, tornar o processo e as penas mais rigorosas para, quem sabe, reduzir as agressões a que as mulheres vinham se sujeitando há décadas, nas relações domésticas.

E, de fato, o histórico anterior era de absoluta impunidade, quando efetivamente o processo se iniciava. Ou seja, não bastava que a mulher tivesse a coragem de ir à delegacia registrar a ocorrência da violência; era preciso que representasse formalmente para permitir o início do processo. E mesmo quando suas palavras eram mentiras evidentes, vinham aceitas porque, afinal de contas, se a vítima resolveu desculpar o marido e mente para ajudá-lo, o que o Estado tem a ver com isso?

Sem contar que ameaça e lesão corporal são crimes bem leves, porque, para o nosso direito penal, cioso em garantir, sobretudo, a propriedade; a integridade física e psicológica de uma pessoa nunca foi assim tão importante.

Subtrair uma carteira é mais grave que dar um soco em alguém. Para se equipararem, era preciso que o soco causasse perigo de vida, repouso forçado ou até uma cicatriz duradoura. Mas ainda assim, se o furto fosse em dupla, se houvesse um amigo olhando para ver se vinha alguém, enquanto o colega furtava a carteira, o crime patrimonial era qualificado e voltava a ser mais grave.

Então, pouco importava se o ladrão devolvesse a carteira depois de ser preso; mas se a esposa viesse à audiência e dissesse que foi ela que machucou a mão segurando a faca ou caiu com o pescoço no joelho de seu marido, como estávamos acostumados a ouvir, estava tudo bem e seguíamos adiante.

Não sei o quanto a Lei Maria da Penha ajudou a reduzir a violência — a princípio, com mais denúncias, a impressão é de que a violência só aumentou. Sabemos que a capacidade do direito penal em resolver problemas sociais é bem reduzida mesmo, senão inexistente. Mas o fato é que todos os envolvidos, das vítimas aos promotores, dos delegados aos juízes, passaram a olhar com uma atenção bem maior àquelas violências que o patriarcalismo incrustrado perpetuava.

E os pedidos de desculpas, as juras de arrependimento na reconciliação, e mesmo a ausência de uma prova testemunhal mais encorpada, paulatinamente deixaram de servir de instrumentos para o arquivamento dos inquéritos, como era aquele que estava à minha frente.

Mas enquanto ouvia dona Sileide, antes que essa reviravolta pudesse de fato empoderar suas palavras, uma vez feita a pergunta sobre se ela pretendia mesmo processar o marido, eu tinha uma notícia muito desalentadora para lhe transmitir.

E, como estava apenas ela nesta parte da audiência, o marido esperava do lado de fora, me veio uma ideia para que ela não se sentisse tão inútil, especialmente na frente de seu agressor.

Como as vítimas vinham à audiência em prazo muito curto contados do registro da agressão, pois saíam com intimações diretas da delegacia, chegavam em tempo bem inferior aos seis meses de limite para a representação. Ou seja, ela poderia "pensar mais um pouco", sem necessariamente abrir mão de seus direitos nesta audiência — nem exercê-los de uma forma que, sabíamos, seria inócua.

— Vou lhe fazer uma proposta, dona Sileide. O que a senhora acha de nós chamarmos seu marido aqui e eu dizer a ele, que por enquanto não teremos processo, porque a senhora não quis, mas pode mudar de ideia e essa questão é só a senhora que decide. E que eu recomendei à senhora que decida de acordo como ele se portar nos próximos meses?

Ela parou para pensar e eu tentei ser o mais sincero que conseguia:

— O meu medo é chegar no processo e, sei lá, o promotor ficar com alguma dúvida, só a sua palavra contra a dele, e no fim ele sair daqui vitorioso...

Ela regurgitou mais um pouco, pois tinha vindo à audiência munida de indignação e raiva. E esse era o momento de controlá-las.

— Pensando bem, até que não é uma má ideia, doutor. Eu mantenho ele na rédea curta com isso...

O marido de dona Sileide veio à minha presença, envergonhado. Pediu desculpas e prometeu que ela não ia precisar voltar, não. Disse que tinha aprendido a lição.

Com o aparente sucesso, passei a fazer o mesmo com as várias audiências que presidi neste mês e meio que assumi uma vara no Fórum Regional, em que os conflitos domésticos tomavam quase oitenta por cento do volume de processos.

Sei que a nova lei e sua interpretação cada vez mais rigorosa tem provocado excessos — um vendaval de prisões preventivas, por exemplo. Mas, quem vem de um tempo em que as violências eram normalizadas, sobretudo, embora não exclusivamente, por delegados, promotores e juízes, não deixa de sentir uma certa evolução.

Foi-se o tempo em que estávamos autorizados, se não estimulados, a não meter nossa colher muito a fundo.

Família

Ela se anunciou como advogada. E pediu para despachar uma petição. Eu a recebi como todos os demais, no intervalo das audiências.

— Será que não podemos falar em particular?

Tive vontade de lhe dizer que em particular falava só com meus amigos.

— Não tenho segredos com advogados, doutora. Aqui está bom.

— É que além de advogada, doutor, eu sou também irmã do réu.

— Se a senhora quiser fazer alguma denúncia de maus-tratos, tortura, vou pedir para que se sente e deduzimos a termo. Mas o que ficar só no meu ouvido eu não posso levar ao processo.

Ela entrou segurando uma pasta e aparentemente havia uma petição sobre ela, mas depois de alguns minutos não me pareceu que ela tivesse mesmo interesse em me apresentar algum documento. E de fato, não apresentou.

— Eu apenas queria que o senhor soubesse, doutor, a importância desse julgamento para a minha família.

Quando despachavam, os advogados costumavam pedir, meio que por hábito, que a gente olhasse aquele determinado pedido, "com muito carinho". Era uma forma, costumeira, de dizer que havia algo de muito relevante, ou diferente, que destacasse o processo no meio dos demais. No começo da carreira, achava essa prática meio estranha, porque os pedidos estavam indicados nas petições, e chamar atenção para algum detalhe era o mesmo que supor que o juiz não iria ler o documento entregue.

Com o passar do tempo, fui compreendendo os advogados. O volume abissal de processos fazia com que decidíssemos cada

73

vez mais rápido e os padrões, modelos, despachos minutados pelo cartório, ajudavam demais no controle dos fluxos. Às vezes, não custava chamar atenção para um caso um pouco diferente -ou mais desesperador. Mas daí a imaginar que de fato o juiz se comovia com a circunstância de ser "um cliente especial", "que eu só peguei porque é inocente", ia um enorme percurso.

E o que ela queria era simplesmente aproveitar a condição de advogada para fazer o reclamo familiar chegar à mesa do juiz. Uma forma meio esquiva de convencimento que tinha chances diminutas de dar um bom resultado.

— A senhora, afinal, quer despachar alguma petição, há algo que posso fazer pela senhora?

— Excelência, só vim para dizer: minha família está em suas mãos.

A essa altura, já tinha um pouco mais de instrumentos para distinguir a solidariedade com o sofrimento da responsabilidade pela angústia. E em que pese reconhecer o esforço de todo aquele que luta pelos seus, a aparição da advogada-irmã só ajudou a chamar um pouco de atenção para o seu comportamento sinuoso, e atenção era tudo que ela não deveria me despertar.

Passou-se mais de uma semana até que chegou a audiência do processo. Acho que a advogada nem chegou a me dizer de que processo estava falando, mas ao vê-la sentada na mesa de audiência, logo fiz a conexão.

O irmão, lembro que ela dissera algo sobre isso, era ex-militar, e a acusação que pesava contra ele era a de tomar parte de uma quadrilha responsável por um dos mega assaltos a condomínios, que estava tão à evidência naquela época na cidade. Dizia-se que o crime organizado migrara para roubos em edifícios depois que os bancos armaram as escoltas de carro-forte e estabeleceram portas giratórias com detectores de metal nas entradas das agências.

E, de fato, analisando os elementos dos autos, as provas não eram muito favoráveis ao irmão dela, que na primeira audiência, havia sido pessoalmente reconhecido por alguma das vítimas e tivera sua participação minuciosamente descrita pelos investigadores. A advogada-irmã só apareceu na última audiência, para a qual arrolara algumas testemunhas de defesa que pretendia usar como álibi. Seriam ouvidas na mesma oportunidade daquelas arroladas pelos corréus.

A discussão central estava no serviço que o irmão supostamente estava fazendo para uma empresa, com o que buscou provar que a conversa interceptada pela polícia tinha sido mal interpretada pela acusação. Mas depois do depoimento de duas testemunhas que não se acordaram nas respostas às perguntas do promotor, mostrando que estavam, pelo menos, muito mal ensaiadas, se não totalmente divergentes, sobrara uma última chance.

E, com o barco à deriva, a advogada-irmã sentiu o peso da camisa. Talvez se ela não tivesse usado o expediente de simular um despacho apenas para pedir clemência, eu não tivesse prestado suficiente atenção à sua manobra. Mas algo me incomodou também na tentativa um pouco forçada de aproximar depoimentos bem distantes. E quando ela saiu da sala, de forma abrupta e sem pedir licença, assim que fez a última pergunta para a testemunha, minha intuição sugeriu conferir. Era constrangedor, mas achei conveniente para evitar uma situação pior.

Pedi licença a todos e entrei no gabinete, saindo então pela porta que me levava ao hall da vara, quase que diante da sala de testemunhas. O auxiliar judiciário que ficava na mesinha do lado de fora para chamar e qualificar as testemunhas, percebeu o movimento e me apontou com os olhos o caminho que tomara a advogada. Quando entrei na saleta, nem havia possibilidade de disfarce:

— Olha, você tem que dizer para o juiz que a empresa já tinha contratado ele antes, não que era só um orçamento, entendeu?

Rompendo a incomunicabilidade entre as testemunhas, ela estava inviabilizando a oitiva — na melhor das hipóteses, podia estar auxiliando a prática do falso testemunho. Como ela falava de costas para a porta, não percebeu minha chegada — mas o olhar assustado da testemunha sim, o que a fez se virar e entrar em desespero.

— Excelência, eu posso explicar...

— A senhora não prefere fazer isso lá na sala, para que todos possam ouvir e a gente registre em ata?

A essa altura, ela devia estar convencida que sua profecia se autorrealizava e que a família dela estava, de fato, nas minhas mãos.

Voltando à sala, entendi que o constrangimento que ela passara do lado de fora tinha sido suficiente. Achei desnecessário expô-la. Apenas perguntei o que ela sugeria fazer em relação à última testemunha e já imaginava a resposta:

— Desisto, excelência, estou satisfeita.

Réveillon

— Se eu pudesse escolher, iria para o Afeganistão.

É preciso voltar dois anos e meio para entender essa resposta que Luciano me deu, quando já estávamos na parte informal da audiência. *Off the records*, poderíamos dizer.

Luciano entrou recruta no Exército, pela via do alistamento obrigatório. Jovem, de parcas condições, e sem tantas perspectivas à sua frente, viu no meio militar uma chance de futuro. Se tudo desse certo, podia ficar por mais sete anos e entrar no mercado da segurança com uma experiência bem considerável. Mas se estou contando essa história aqui é porque tudo não deu certo.

Luciano logo percebeu que tinha muita facilidade com armas — aprendeu com rapidez a identificar seus mecanismos e movimentos. E daí foi se interessando por instrumentos e máquinas em geral. Teve chance de fazer cursos e cresceu como técnico. Ao final de dois anos no exército, acabou muito mais enfronhado nas atividades de manutenção do que em ações de segurança; não chegou a ser chamado para garantir a lei, mas para deixar os equipamentos em ordem. O orçamento verde-oliva não era lá essas coisas para grandes equipes ou contratos de conservação. Acabou alojado no Hospital Militar, empunhando mais chaves de fenda que fuzis.

Apesar de toda a responsabilidade que carregava nos ombros — Luciano não faltava e não deixava serviço para trás, além de ter aprendido com a disciplina militar a consertar tudo de uma forma muito limpa e arrumada — era também um jovem, como quase todos que serviam com ele. E vez por outra sentia falta de atirar. E foi essa mistura de juventude, rebeldia e armas que selaram nosso encontro.

Sem mortos ou feridos, devo dizer: Luciano e seus colegas queriam apenas extravasar soltando fogos na cobertura do prédio em que passariam, a serviço, a noite do réveillon. E o capitão que tinha a palavra final foi peremptório:

— Isso aqui é um hospital, as pessoas são obrigadas a fazer silêncio quando transitam em nossa volta. E vocês querem estourar rojões à meia-noite?

Não adiantou argumentar que, à meia-noite, a cidade estaria envolta em tanto barulho, que não se poderia atribuir ao grupo a quebra do silêncio. Eles chegaram, inclusive, a perguntar aos internados, se iam se sentir mal com isso, mas uma informação desse calibre jamais chegaria a ser considerada pelo capitão.

Arquivado o plano de soltar rojões, os garotos esperaram até que o capitão deixasse o local perto das dez da noite, para se reagrupar. Ninguém ia perceber se eles subissem de fininho e, ao menos, dessem alguns tiros para o alto.

Mas é lógico que, justamente quando a meia-noite se aproximava, o tenente que estava de guarda percebeu que, ao invés de se reunirem na sala do comando para um brinde, Luciano e outros simplesmente desapareceram. Intuindo o que estava por acontecer, subiu até a cobertura, a que acedia com um lance de escada, após a última parada do elevador. Mas a porta estava trancada e eles se recusaram a abrir. Foi possível ouvir disparos quando o relógio avisou que o ano novo estava chegando. Com ele chegou também o capitão, determinando que a porta fosse arrombada e os jovens militares presos.

Disparo de arma de fogo em local habitado não é um crime militar. Na ausência de tipificação pelo código castrense, o julgamento veio para a Justiça Comum. Foram dois anos e meio juntando as peças desse quebra-cabeça, dificultado pelo fato de que praticamente só tínhamos testemunhas fora da terra, ou seja, que agora residiam e moravam em outras cidades e Estados.

A versão de Luciano era de que os tiros foram de festim — de munição que eles haviam comprado por fora. E, de fato, a perícia localizou alguns estojos que haviam sobrado — só um deles era de festim, o resto, de munição de verdade. Dos três réus, nosso processo julgava apenas Luciano, o único que havia sido localizado quando a denúncia fora ajuizada; os outros estavam em locais incertos e não sabidos.

Cada vez que nos reuníamos para a audiência de julgamento, uma das partes pedia adiamento, porque a testemunha que havia arrolado ainda não fora ouvida na sua cidade. E as audiências eram montadas e desmontadas quase que no automático. Na última delas, uma cara de desagrado tão expressiva de Luciano chamou a atenção de todos. Normalmente a defesa não reclama demais do retardo, porque o relógio sempre corre a seu favor. Luciano tinha menos de 21 anos na data dos fatos e se o processo demorasse mais, podia até ser favorecido com a prescrição.

Mas ele estava menos preocupado com a sentença do que com o processo que não terminava. Perguntei se ele nos queria dizer algo e ele suplicou:

— Doutores, só queria que esse processo terminasse para eu continuar com a minha vida. Se ficar mais fácil eu confesso... — no que foi interrompido pelo defensor, que ensaiou um pedido de desculpas e sugeriu sair da sala para conversar em particular com seu cliente.

O promotor pegou o processo na mão e começou a folheá-lo. Porque eu conhecia seu espírito humanista, pedi que o defensor e o réu apenas esperassem sentados. O suspense durou não mais do que cinco minutos, quando o promotor se deparou com o laudo e a oportunidade que esperava.

— Excelência — me disse — vou pedir absolvição. Não precisamos de mais testemunhas. A bala era de festim e o fato é atípico.

Eu tinha lá minhas dúvidas sobre o direito, mas guardei comigo, porque, afinal de contas, se a acusação não quer mais acusar, não cabia a mim substituí-la no seu papel. E enquanto ele ditava em voz baixa à escrevente sua manifestação pela improcedência da ação, Luciano contou o resto da sua história.

— No começo eu gostei dessa coisa de técnico de manutenção. Me senti prestigiado e alguém que fazia um trabalho importante. Mas depois eu percebi que estava deixando de ser militar. Pedi para mudar, me coloquei à disposição de outros serviços, fronteira, eventos, enfim, queria voltar a andar com uma arma na mão. Mas eles foram me deixando por lá porque eu ajudava, economizava consertos. Estava infeliz.

Depois do processo, ficou na geladeira, tomou prisão administrativa e estava a caminho de ser desligado do Exército. Então, foi atrás de um outro sonho: conhecer o mundo.

— Fui aprovado na Legião Estrangeira, o senhor sabe né? A gente ganha em euros para lutar pela França, não gasta nada, todas as despesas pagas. Faz um pé de meia e corre o mundo em aventuras.

Mercenários, para usar a expressão mais conhecida. Ou bucha de canhão — pois eram aqueles que iriam defender a França o mais longe possível do país, justamente para que os nacionais não se expusessem em certas guerras, que a gente mal sabe que o país toma parte.

— Olha doutor, trabalhar aqui na segurança na cidade, não tá bolinho também não. Lá fora, pelo menos a gente ganha bem, usa armas potentes e vai para guerra mesmo. A seleção é super complexa e tem um montão de testes para fazer. E eu passei em todos eles. Mas sem dar baixa neste processo eu não consigo. Espero que a minha vaga ainda esteja lá garantida.

Fiquei em dúvida em me sentir culpado porque o atraso do processo podia colocar seu sonho em risco ou torcer para que ele não chegasse mesmo a tempo de se despedaçar numa luta que nem de longe era sua.

Enfim, dei a sentença que o absolveu e lhe desejei boa sorte. Se agora tudo desse certo, ele trocaria o incômodo da Justiça pelas armadilhas do Taleban.

O interrogatório

Nosso Código de Processo Penal é de 1941. O que espanta nem é que ele tenha sido inspirado na legislação fascista de Mussolini. É que ele tenha, de uma forma ou de outra, resistido por mais oitenta anos, trinta dos quais sob o olhar de uma Constituição genuinamente democrática. Para que isso fosse possível, duas forças atuaram em sentido contrário esse tempo todo: uma para rever as normas draconianas, outra para evitar que esta revisão fosse ampla, geral e irrestrita. O resultado é uma espécie de Frankenstein com mudanças periódicas, nas quais essa disputa é continuamente retomada.

Nestes longos anos de magistratura, portanto, convivi com muitas normas diferentes — algumas das quais hoje fica bem difícil de explicar. Como a que disciplinava o interrogatório como um ato privativo do juiz.

Isso queria dizer, mais ou menos, que o advogado muitas vezes nem presenciava o ato — ou, quando o fazia, não tinha direito a qualquer intervenção. Como a maior parte dos réus dependia de assistência judiciária nomeada entre profissionais do Estado, esse encontro entre eles só acontecia quando o réu já tinha ofertado sua versão àquele que iria julgá-lo. Havia uma única exceção e é nela que Daniel estava inserido.

— É verdade mesmo, eu estava precisando de dinheiro e... estava lá o toca-fitas, o vidro do carro estava abaixado. Foi uma fraqueza minha, na hora não raciocinei; não parei pra pensar, só peguei a saí correndo. Eu estava até no intervalo da aula...

Mas é lógico que nós só nos demos conta de que ele era uma exceção depois que havíamos começado a ouvi-lo.

— O senhor falou em aula, o senhor me permite lhe interromper, o senhor tem quantos anos?

A essa altura, a escrevente de sala já estava se penitenciando pelo erro. Nem era preciso esperar a resposta de Daniel — estava na cara que ele tinha menos de vinte e um anos e, por isso, não podia enfrentar esse interrogatório sozinho. A lei dizia que nestas condições, o juiz devia nomear um curador, que costumava ser o próprio advogado — quando ele tinha condições de constituir um. Antes de que a escrevente fosse chamar um defensor para acompanhar o jovem, eu vi que havia uma advogada que estava no fundo da sala, sentada, consultando os autos do seu processo, que era o próximo da pauta. Achei que era uma solução mais rápida.

— Doutora, a senhora me faria um favor de servir de curadora a este jovem? A senhora viu que não vai demorar muito.

Era muito comum que advogados acabassem sendo recrutados para acompanhar outras audiências, a fim de suprir faltas episódicas. Lembro de um grande amigo que, de passagem pelo Fórum, entrou na sala apenas para me dar um abraço — de lá saiu duas horas depois de funcionar como ad-hoc. Perdi o amigo, mas não a audiência.

— Mas é lógico, excelência, com muito prazer. Estou sempre disposta a ajudar. Posso pedir só uma gentileza?

— Pois não, doutora.

— O senhor permite que eu troque duas palavrinhas com ele?

Respondi apenas com um menear da cabeça e passei o tempo baixando uma parte da pilha de processos que ainda tinha para despachar. Nem vi o tempo passar, nem Daniel voltar e se sentar na cadeira para ser novamente interrogado. Por isso, a escrevente teve que chamar a atenção quando todos já estavam à minha espera.

— Bom, senhor Daniel, como eu lhe dizia, recomeçando, o senhor vai ser interrogado e não tem obrigação de responder às minhas perguntas, essa é a sua oportunidade de defesa. Eu já tinha lido a acusação, o senhor sabe do que se trata, não é mesmo? A pergunta que eu lhe faço é: isto é verdade?

Ele demorou um pouquinho para começar e acho que foi para ganhar coragem. Convenhamos que não era lá uma das tarefas mais fáceis — não seria raro levar um esporro ao fazê-la.

— Não, doutor, tudo mentira — a esta altura, ele estava cabisbaixo, e um pouco hesitante. Eu estava passando pelo local e... estava indo na casa da minha namorada, aí foi que a polícia me parou. Tinha lá um toca-fitas, mas ele estava jogado no chão...

A advogada, que tinha prestado mais atenção do que supunha à primeira oitiva, explicou-me com os olhos e um sorriso contido que apenas estava fazendo o papel que eu lhe pedira.

Eu nunca mais quis ouvir nenhum réu sem me certificar que ele tivesse conversado com seu advogado ou defensor antes — às favas, as regras herdadas daquele código fascista. Esse encontro entre juiz e réu não era um bate-papo entre amigos, com a sinceridade sendo sempre o melhor atalho. Qualquer que fosse o crime, o acusado devia ter condições de estruturar sua defesa, com todas as informações possíveis. Daquela conversa, podem surgir resultados drásticos para ele — afinal, o Estado costuma manifestar sua sinceridade de outra forma, com barras de ferro e algemas.

Gradativamente, as leis processuais foram mudando. Uma hora, foi para deixar claro que o réu não só podia ficar em silêncio no interrogatório — como o silêncio jamais podia ser interpretado contra ele. Outra, foi para dizer que não só o advogado podia participar, como a audiência seria nula, se ele não estivesse presente. Enfim, o interrogatório foi alojado como último ato antes das alegações, para que o réu pudesse avaliar a oportunidade e a conveniência de sua confissão.

Cada uma dessas mudanças representou um esforço acadêmico, uma luta política no Congresso e uma disputa na jurisprudência. Todas foram muito sofridas e algumas delas até hoje ainda empacam no cotidiano.

O primeiro interrogatório de Daniel foi para o lixo; ele já estava assinando a segunda versão, não sem se certificar com a advogada se era isso mesmo e se não ia surtir algum problema. Sim, se o Estado pretendia punir Daniel, devia se esforçar em produzir provas de sua culpa, não se aproveitar das fraquezas de sua defesa.

Toda vez que o Estado pretende se valer dos atalhos para punir os fracos, costuma ser sinal de que não busca fortalecer a investigação para prender os fortes.

No nosso processo, ainda havia uma questão pendente. Se nenhuma testemunha fosse convincente, seria eu capaz de absolvê-lo por falta de provas, mesmo sabendo a verdade?

Falso testemunho

— O senhor vai servir de testemunha em um processo crime, tem a obrigação de responder as perguntas que lhe fizermos. Se se negar a respondê-las ou não disser a verdade pode ser preso e processado por falso testemunho, o senhor entendeu?

Repeti a João Alberto a advertência padrão, que correspondia ao compromisso de dizer a verdade. Tirando os réus, que tinham direito ao silêncio, e não eram punidos quando agiam em autodefesa, inclusive mentindo, as testemunhas não tinham a alternativa de aceitar ou não a obrigação. O compromisso delas era com a lei.

A resposta dele, no entanto, não podia ser mais desafiadora:

— O senhor vai colocar uma segunda algema aqui — disse levantado os dois braços juntos — não vai fazer diferença alguma.

João Alberto estava preso por homicídio, mas era testemunha de violência física e sexual que teria sofrido outro detento de sua cela. Mas na cadeia de intimidações que ele já sofria, as que vinham de mim eram as menos importantes. A ameaça de processo se aparentava tênue demais quando, em determinadas situações, a vida da testemunha podia correr riscos.

Eu tentei explicar a ele que a questão nem era outra algema na audiência, mas outro processo na ficha. Ainda assim, ele jurou de mãos juntas que não viu nada, não ouviu nada e não sabia de nada.

De intuir que a testemunha pudesse estar mentindo até prendê-la em flagrante por falso testemunho existia um longo caminho e admito dizer que jamais o percorri. Não que fosse difícil deduzir uma informação falsa — mas isso significaria praticamente antecipar a análise das provas, que é o que fazemos na sentença, depois que as partes se debruçam sobre elas. Em alguns casos, ao final, mandei extrair cópias para que as testemunhas fossem processadas pelo falso — mas confesso que a testemunha que mente de uma forma tosca nunca me turvou a tranquilidade de uma decisão. Se em nenhum momento tive dúvidas quanto a veracidade do testemunho, sempre o reputei como uma espécie de crime impossível.

Foi o caso de meio time de futebol que foi arrolado para formar álibi a um acusado de roubo. O advogado os instruíra que às 14h30, exatamente, o réu estaria participando do jogo e, por consequência, não podia estar assaltando. Como achei estranho que todos os jogadores pudessem estar de relógio e conferissem a hora ao mesmo tempo, fiz algumas perguntas complementares sobre o próprio jogo. Uma testemunha me disse que era um campeonato; outra que era um amistoso. Para um dos jogadores, eram dois times uniformizados; para o outro, camisa contra sem-camisa. O resultado do jogo me chegou em três placares absolutamente diferentes: vitória de um, vitória de outro e empate. Depois da terceira testemunha, eu indaguei ao advogado quantos jogadores mais ele iria submeter a esse constrangimento.

— Nenhum — ele disse — já estou satisfeito com a prova, numa declaração mais falsa do que os relatos que tínhamos acabado de ouvir.

Mas o caso de Júlio César realmente era diferente. Não era um simples falso testemunho, mas uma fraude estruturada como base para extorsões. Era o crime quase perfeito, descoberto por uma coincidência infeliz.

Aconteceu na época em que policiais ainda saíam à cata de testemunhas *civis* em prisões pelo tráfico de entorpecentes. Para quem vê o panorama de hoje de uma prova restrita aos depoimentos dos agentes que prenderam o acusado, até estranharia. Os juízes ainda tinham uma certa reserva em condenar baseado exclusivamente nas versões dos responsáveis pela prisão — ou pelo menos, naquelas situações em que havia condições de recrutar transeuntes que pudessem legitimar suas ações.

Não era raro que as testemunhas tivessem presenciado apenas parte da ação — afinal, não estavam lá para isso e a visualização era mesmo eventual. Assim, policiais chamavam o dono do bar, o vizinho ou uma pessoa que caminhava no momento da prisão para ver o material apreendido, ouvir a explicação do réu ou, em alguns casos, acompanhar a revista a uma residência.

As testemunhas relatavam apenas o que viram — "o policial me apresentou um embrulho", "o moço tinha um pacote na mão, mas não sei o que tinha dentro", "ele vinha todos os dias no bar e conversava muito, mas nunca vi o que fazia". Muitas vezes isso era suficiente para afastar a versão de que os próprios policiais tivessem introjetado droga ou que o suposto traficante nem estivesse no local onde foi encontrado.

Mas não existe situação que não possa ser pervertida.

Júlio César era assim uma espécie de testemunha industrial. Um homem que, por acaso, estava tomando uma cerveja no bar, atravessando a rua na hora da abordagem ou tinha acabado de chegar na residência vizinha quando foi chamado para acompanhar uma revista.

E quando o juiz perguntava, para aferir sua sinceridade, se conhecia alguns dos policiais, ele sempre dava a mesma resposta:

— Não, excelência, nunca tinha visto eles antes.

A mentira envolvia um esquema com dois ou três policiais civis, que era dividida em duas partes: ele aparecia na lavratura do auto de prisão em flagrante na delegacia, dando aval à ação dos policiais, mas na hora do depoimento em juízo, o que diria ficava em aberto. Nos processos dos réus que colaborassem com a extorsão feita pelos policiais, negava o teor do depoimento; àqueles que recusassem a caixinha, confirmava a lisura da ação policial.

É lógico que ele sabia fazer a coisa bem-feita, de modo a justificar, em audiência, que sua declaração não fora tomada ao pé da letra na delegacia, ou que na verdade tinha dúvidas sobre o fato e logo depois percebeu que não era o réu, coisas assim.

Eu não sei por quantas vezes ele e seus parceiros chegaram a praticar o negócio espúrio de faturar às expensas da confiança. Mas foi descoberto quando uma juíza que ouvira seu bordão ("nunca havia visto estes policiais antes") lembrou-se, vagamente, da fisionomia daquela testemunha. Tinha a impressão de que já a ouvira antes, não fazia muito tempo. Puxando da memória, lembrou-se da vara em que estava fazendo audiência e foi procurar, por instinto, processos de tráfico que tinha lá julgado.

Bingo.

Achou Júlio Cesar em outro local da cidade na companhia dos mesmos policiais no momento da prisão, confirmando como a testemunha civil que passava pelo local, atestando na declaração que constou do auto de prisão em flagrante, que o réu havia sido preso mesmo com um pacote nas mãos — embora não soubesse o que tinha dentro. Mas na frente do juiz, disse que, na verdade, o pacote estava no chão e o policial que lhe disse que ele teria dispensado — instigando a dúvida no julgador se o policial teria mesmo agido com retidão.

Quando o processo chegou para que eu julgasse — havia pelo menos três casos em que o modus operandi se repetia — Júlio César era réu revel, processado não apenas pelo falso testemunho, mas por coautoria na concussão a que já haviam sido condenados outros três agentes. Saiu-se com uma pena em regime fechado e um mandado de prisão expedido.

Ele foi, certamente, um ponto fora da curva. Ninguém pensaria em banir testemunhas do processo, apenas porque uma delas tenha sido descoberta mentindo. Separar o joio do trigo era uma de nossas funções mais relevantes, ainda que isso nem sempre fosse fácil.

    Mas, apesar da perversão, Júlio César me trouxe a lembrança de um tempo em que policiais se viam impelidos a tentar reunir provas para que os juízes não se sentissem reféns de suas próprias declarações. Podiam mentir aí — sem dúvida. Mas acreditar que muitos agissem ilicitamente para burlar essa incumbência não seria grande incentivo para debitar a eles uma confiança ainda maior que justificasse dispensar a atribuição.

Advertência

— Doutor, o senhor vai dar um puxão de orelhão nele, não vai? É sempre difícil dizer não a uma mãe. Ela estava lá acompanhando o filho de dezoito anos e algumas semanas. Mas no encontro que teria com ele, já havia escolhido um lado. O meu.

De certa forma, estava bem acompanhada pela lei, que impunha aos condenados por porte de entorpecentes para uso pessoal, submeter-se à pena de advertência sobre os efeitos da droga. Portanto, era o papel que eu devia desempenhar. Com um pequeno porém: seu filho certamente sabia bem mais sobre os efeitos das drogas do que eu.

— Ricardo — ele era tão jovem e parecia ainda mais jovem que eu simplesmente não conseguia chamá-lo de senhor, como havia aprendido a fazer — você sabe o que está fazendo aqui hoje?

— Minha mãe diz que o senhor vai me dar uma bronca.

— Isso aqui é uma pena, Ricardo. O que vou lhe dizer significa que você foi condenado por um crime.

Ricardo olhou para trás, ressabiado, começando a achar que sua mãe havia talvez tivesse dourado a pílula ao dizer que seria apenas uma conversa dura. Pelo jeito, parecia ser algo mais. Ela ficou impassível à sua súplica, porque a esta altura queria que ele gozasse da maior apreensão possível.

— Ele tem que perceber isso como um grande susto, doutor. Se não, não se emenda — era o complemento do que ela me dissera quando entrou antes na sala.

— Você não vai ser preso. Sua pena é receber a minha advertência.

Essa linguagem ele entendia. Já havia tomado outras advertências na escola. Dessa vez, então, nem precisava levar para casa. A mãe estava presente.

Ele ficou o tempo todo de cabeça baixa, porque era o gestual que conhecia para lidar com a autoridade. No convívio com diretores ou policiais, cabeça erguida e olhar atento eram tidas como condutas desafiadoras.

— Sim, senhor — ele me respondia de forma automática a praticamente qualquer pergunta que eu lhe fazia.

— Olha, deixa eu lhe dizer uma coisa. A lei me manda fazer uma advertência sobre os efeitos das drogas. Eu não vou lhe explicar os efeitos que as drogas causam no seu corpo. Esses aí eu só sei de ouvir dizer. O que eu posso lhe dizer são os efeitos que a droga causa quando você encontra com a polícia.

E esses, meu caro, quis dizer a ele, eram devastadores.

— Quando a polícia te encontra com droga, você pode ser detido e levado para a delegacia. Teu programa acaba. E tua mãe vai ter que ir de novo na polícia te buscar. Até o dia que ela não consegue mais te tirar de lá.

É fácil dizer que desde 2006, quando a última lei de drogas foi aprovada, não existe mais prisão para o mero usuário. Mas é apenas uma meia verdade. Para começar, distinguir se a pessoa detida é um usuário ou um traficante não é uma tarefa tão simples assim — muito menos isenta.

Se você estiver com uma bagana no bolso, provavelmente será tido como usuário; mas se comprar uma quantia maior para não ter que voltar toda vez na boca, a luz amarela já acende. Você precisa provar que a droga é só para você — a começar pelo fato de que precisa provar que pode comprar a droga para o uso recreativo.

A vida não é justa aqui também: o rico consegue convencer que vai levar meio quilo de maconha para fumar com seus amigos na viagem à São Tome das Letras; para o pobre é um tráfico em grande quantidade. Se você for um playboy, seu argumento de que as dezenas de balinhas que a polícia encontrou contigo são apenas um estoque para usar a cada balada pode até colar.

Mas para quem não tem pai abastado, nem carteira assinada, o sistema não acredita que você pode ser preso com meia dúzia de pedras de crack sem ser um perigoso traficante.

No filme O Lobo de Wall Street, baseado na autobiografia de Jordan Belfort, Leonardo DiCaprio nos mostra o festival de droga que se consome pelos profissionais do mercado financeiro — mas a gente sabe bem, seja lá, seja aqui, que a polícia prefere dar incertas nas cracolândias do que nas corretoras de valores, nos bailes funk aos shows de rock ou raves.

Então se você é pobre e, principalmente, se você é negro, é de lembrar a advertência que Chico Buarque imortalizou no Hino de Durán "*Se trazes no bolso a contravenção/Muambas, baganas e nem um tostão/A lei te vigia, bandido infeliz/Com seus olhos de raios X*".

Ricardo tinha entendido que essa condenação que ele tivera não o levaria à cadeia. E eu podia completar, dizendo que se dependesse de mim, não o levaria mesmo.

Mas a outro réu a quem dissera algo similar, os olhos de raio x da lei o flagraram uma segunda vez com droga — e daquela oportunidade, nem o delegado, nem o promotor e nem o juiz acreditaram na condição de usuário. Foi condenado como traficante e, pior, porque já tinha uma condenação anterior (essa mesma de uso), não lhe foi permitido gozar do privilégio que a lei assinalou aos pequenos traficantes. Acabou com uma pena de quase seis anos de prisão em regime fechado — mais de quatro deles, a bem da verdade, por aquele pequeno crime que só dava uma advertência.

Pesando tudo isso, alertei Ricardo, que era jovem, era pobre e era negro:

— Eu preferia falar para você tomar cuidado com as drogas porque elas podem fazer mal à sua saúde. É isso que a lei pretendia que eu fizesse. Mas acho que ia entrar por um ouvido e sair por outro. Ia parecer aquela recomendação do tio careta, que não entende de nada. Mas eu vou falar de alguma coisa que eu entendo. Tome cuidado com as drogas, porque elas vão te levar à cadeia. Na melhor das hipóteses.

Dei uma rápida olhada para a mãe que me acenou positivamente com a cabeça.

Minhas reservas à política proibicionista da guerra às drogas me fizeram sentir um incômodo; minha aversão a um discurso moralista me deu engulhos. Mas eu já tinha visto injustiça demais para entender que uma recomendação pragmática era o melhor que eu podia fazer por ele.

Mas, sem saber exatamente os gatilhos que levam as pessoas ao consumo das drogas, ou que nele as mantém, quem podia garantir que um alerta desses fosse de alguma forma útil? E as propagandas massivas das drogas lícitas estabelecia uma relação para lá de contraditória — a TV estava cheia de ofertas sedutoras de bebidas alcóolicas a qualquer hora do dia ou da noite.

Quanto mais pensava no assunto, compreendia que esse era um dos trabalhos mais inglórios que policiais, promotores, juízes e carcereiros faziam — um enorme dispêndio de energia por uma máquina intensa e produtiva de moer gente. E um desprezo colossal por aquilo que supostamente legitimava a todos, a preservação da saúde.

Ricardo, enfim, saiu da sala aliviado, mas temeroso; a mãe voltou para agradecer o que fizera pelo seu filho. Pensei em dizer que a família podia ter uma importância ainda maior que eu nesse assunto. Mas percebi a tempo que essa advertência a lei não exigia de mim, e, aliás, nem me atribuía autoridade moral para fazê-la.

E ademais só tive tempo mesmo de balançar a cabeça quando a escrevente entrava na sala apressada trazendo outra testemunha:

— Já posso instalar a próxima, não é doutor?

Machista?

A próxima audiência era o processo de Sueli.

Quando ela entrou na sala, algemada e cabisbaixa, a testemunha que era policial militar já tinha começado seu depoimento. Ao vê-la, parou e me apontou:

— É essa aí mesmo, doutor.

Sueli sentou-se sem olhar para mim e com as mãos algemadas para debaixo da mesa, como havia sido recomendado pela escolta. O advogado lhe fez um aceno para indicar que estava lá, mas ela tampouco respondeu a ele.

A história que o policial contava era a de que haviam recebido informações do tráfico de drogas por uma pessoa conhecida como Maluco no endereço da ré. Quando se aproximaram com a viatura, ela se despedia de alguém na calçada. Ao ver os policiais, saiu em desabalada carreira para dentro de casa. E os policiais desembarcaram da viatura e correram atrás dela.

A expectativa deles é que ela fugia para avisar o marido — temendo alguma espécie de reação, os policiais invadiram a residência com cautela. Isso deu a Sueli alguns minutos de dianteira. Eles quase foram suficientes:

— Quando nós conseguimos arrombar a porta do banheiro, uma parte expressiva da cocaína já tinha ido pela descarga. Conseguimos recuperar uma sacola que boiou e outra que ela não chegou a jogar. Nem teve como mentir.

Os policiais acharam duas balanças de precisão, levadas para perícia, pois pareciam ter vestígios de um pó branco, e, depois de uma longa procura, algumas dezenas de embalagens plásticas, a que costumavam chamar de flaconetes.

Quando lhe perguntaram sobre o Maluco, ela disse apenas que o marido não voltava para casa desde o dia anterior. Quando eu perguntei a mesma coisa, ela foi um pouco mais direta:

— Eu também gostaria de saber.

O segundo policial contou uma história muito parecida, tanto que a promotora resolveu desistir de ouvir o terceiro agente. O advogado de defesa não tinha arrolado nenhuma testemunha e como pude perceber até aquele momento, Sueli estava mesmo por sua própria conta. Foi ela quem me apresentou a única defesa:

— Eu fiz tudo isso que os policiais estão falando. Vi que eles estavam chegando e corri para jogar fora a droga. O que eu podia fazer? Eu sabia que eles iam me prender quando achassem a droga lá. Eles tinham vindo por causa do meu marido, mas eu sei que eles não gostam de perder viagem.

Sueli estava com Maluco havia dois anos e meio. No começo, ele lhe fazia as vontades, era gentil, simpático e acolhedor. Não tinha dinheiro, mas se virava. Mas quando ele mergulhou na droga, ela não tinha mais sossego.

— Ele trazia muita gente para casa, me obrigava a ficar fechada no quarto, e andava sempre armado. Eu tentei reclamar umas duas vezes. Ele me encheu de porrada e ameaçou me matar. A partir daí, eu não saí mais de casa. O máximo que eu fazia era ir até o portão. Ele saía e às vezes ficava dias fora. E eu sozinha, nem meu pai vinha me visitar mais. Ele me proibiu de ir vê-lo também.

Sueli disse que não vendia drogas, mas sabia muito bem que era mantida pelo tráfico. Maluco não queria que ela participasse de nada e nem lhe dizia onde guardava o entorpecente. Mas de uma mulher que fica vinte e quatro horas dentro de casa, é muito difícil esconder qualquer coisa. Ela podia demonstrar surpresa quando os policiais achassem a droga. Mas não era verdade e ia ser pega mentindo. Se os policiais não achassem a droga, pensou rápido, talvez pudesse escapar da prisão.

Não escapou e agora, presa em flagrante tentando se desfazer da droga, cabia à defesa provar que ela não exercia o tráfico e ainda era moralmente coagida para não dedurar o marido.

A promotora estava pronta para fazer o debate — com o pedido de condenação na agulha; e eu, ainda atônito, perguntei ao advogado se ele não pretendia mesmo ouvir nenhuma testemunha. Ele respondeu que só soube do quadro que Sueli narrara agora na audiência, porque não havia dito muito na conversa que tiveram. E ainda arrematou:

— Não consegui pensar em nenhuma testemunha...

É óbvio que não cabe ao juiz fazer a defesa da ré; mas também não pode ficar de mãos abanando ao vê-la assim tão indefesa. Réus não podem ficar à mercê de advogados que simplesmente cruzavam os braços. Mas todas as vezes que tinha decidido declarar o réu indefeso, ao final me arrependera. Um advogado quase octogenário que havia concordado com a condenação, veio a meu gabinete aos prantos, dizendo que nunca tinha sido tão humilhado na vida e implorava por uma segunda chance. Outro a que interrompi por fazer seguidas perguntas desastrosas em audiência, prometeu me representar à corregedoria, afinal de contas, quem era eu para dizer como fazer a defesa do réu? O advogado de Sueli se esforçou e, afinal, eu o mantive no caso:

— E se eu arrolasse o pai dela, doutor? O senhor me permitiria ouvir? Ele foi mencionado no interrogatório, posso pedir como testemunha referida...

A promotora não se opôs:

— Se isso não for pretexto para pedir a liberdade por excesso de prazo, para mim, sem problemas. Acho que a gente só vai perder tempo, mas se é para apaziguar consciências eu concordo.

Eu entendi a referência e me calei. Designei uma nova data, e comuniquei a Sueli que continuaria presa e que nós iríamos ouvir seu pai. Uma lágrima escorreu de seu olho esquerdo e ela nada disse. Fiquei sem saber se isso era um alívio ou apenas mais uma aflição.

Dias depois, o advogado me pediu que eu atrasasse a audiência algumas horas, porque o pai de Sueli trabalhava até as 15h e não queria dizer ao chefe que ia sair para testemunhar por sua filha, presa por tráfico de drogas. Quando essas coisas se espalham, ele argumentou, dificilmente se recompõem. Acolhi o pedido e jogamos a audiência para o fim da tarde.

Quinze dias depois, seu Nelson entrou na minha sala com uniforme de motorista de ônibus, pedindo desculpas porque, em razão do trânsito, tinha largado um pouco mais tarde naquele dia. Era uma testemunha a que normalmente não prestamos compromisso, por ser pai da ré — e por isso mesmo, esperávamos pouca verdade. Mas o que nos disse exalava sinceridade. E tristeza.

— Olha doutor, talvez eu seja um pouco responsável por isso. Mas eu lhe juro que eu não sabia o que estava acontecendo. Eu sei, como pai eu devia saber. Até porque por boa parte do tempo fui pai e mãe dela. Eu confesso que não gostei muito quando ela se mudou pra morar com esse cara. Parecia que ele queria levar ela pra longe de mim. Eu sei, todo pai pensa um pouco assim quando a filha casa. Mas no nosso caso, isso foi verdade. Ele fazia de tudo pra eu me sentir mal na casa deles, então não ia mais. Sueli mesmo me pedia isso, para que eu não me chateasse. Aos poucos, ela começou a não me ver mais. E eu fui sumindo da vida dela. Eu não sabia direito o que acontecia. E um dia fui tentar conversar com ela, mas encontrei o marido na porta. Ele só faltou me expulsar de lá a pauladas. Eu percebi que Sueli estava lá dentro e não falou nada. Então, percebi que não era mesmo bem-vindo. Afinal, era vida dela e eu não queria me meter. Não queira que ela dissesse que era infeliz por minha causa. Depois de alguns meses ouvi um boato que ele teria batido nela. Fui lá ver e ela me mandou embora. Disse que foi só uma discussão, mas que se eu me metesse, podia ficar pior ainda. Na saída, foi ele quem me ameaçou. Disse que não queria me ver pela frente. E que sabia qual linha eu fazia, para eu tomar muito cuidado. Doutor, em vez de ir na polícia, sabe o que eu fiz? Eu mudei de linha, de horário. Eu fiquei com medo. E acabei deixando minha filha lá. Eu sabia que um dia ia dar confusão, porque um cara que fala como ele fala não podia ser boa gente. Sueli me dizia que ele era vendedor. Mas doutor eu nunca imaginei que fosse vendedor de droga. Se eu soubesse eu ia tirar ela de lá nem que fosse a última coisa que eu fizesse na vida. Porque para ver minha filha assim, com algema na mão e polícia do lado para não fugir, eu preferia mesmo estar morto. Não vou mentir, doutor. Eu não sei se ela mexia com isso ou não. Eu gostaria de colocar a minha mão no fogo pela minha filha, mas depois que ele a levou, sei lá no que se transformou. O que eu posso dizer é que ela sempre foi honesta, sempre foi correta. E até onde pude acompanhar, nunca envergonhou a família. Eu não consigo ver minha filha como traficante doutor, eu torço muito para o que o senhor não consiga também.

Poucas situações me emocionavam mais do que o amor paterno misturado com culpa e impotência.

É verdade que eu esperava que, em condições normais, uma testemunha de defesa viesse a dizer claramente que o réu não havia cometido o crime; que tinha um álibi ou uma explicação bem convincente. O pai de Sueli só tinha dúvidas. Mas para mim as dúvidas eram mais do que suficientes.

Estava claro que Sueli vivia um relacionamento abusivo. E que sobrara para ela pagar as contas com a polícia pela traficância do marido — era ele que estava sendo procurado. Sueli sabia, talvez acobertasse, e de fato agiu para que a polícia não descobrisse. Pode ser que apenas estivesse tentando salvar sua própria pele. Enfim, tinha dúvidas de que ela fosse coautora desse crime — Maluco havia sido identificado, com a ajuda dela, e já estava na condição de foragido. Mas que a ré era uma vítima do patriarcalismo impregnado na sociedade, inclusive nas relações do crime, não restava nenhuma controvérsia.

Bom, a esta altura vocês já imaginam que eu a absolvi e provavelmente supõem que houve recurso da acusação.

Eu havia aprendido desde cedo na carreira, com as dicas dos colegas mais velhos, a jamais ler razões de apelação. Elas são dirigidas ao Tribunal, não a você — me diziam. E por dever de ofício, quem recorria devia fazer de tudo para tentar convencer o Tribunal que o juiz fizera algo de errado; portanto, raramente as razões eram laudatórias, elogiosas. Era preciso entender isso — e o quanto o menos se lesse, mais se preservava de lucidez.

Mas por algum motivo inexplicável, eu acabei folheando as razões de recurso da promotora. E confesso que esperava de tudo por lá: que ela denunciasse o proativismo do juiz, que instou a defesa a encontrar uma testemunha; a permissividade de ouvi-la fora do prazo; a leniência em aceitar como desculpa o relato apaixonado e nada imparcial do genitor. Mas não foi o que encontrei. A promotora pedia a condenação com base no fato de que Sueli não só sabia onde estava a droga, como tentara esconder da polícia, o que obviamente era uma prova de sua cumplicidade. Havia mais, no entanto — que demorei a entender e, uma vez compreendido, a relevar.

Eu estava sendo tachado, nada mais, nada menos, de machista — pela proteção excessiva que havia concedido a ré, pelo simples fato de ela ser mulher e, portanto, presumindo sua fragilidade. Em outras palavras, o sofisma absoluto: se fosse um homem que alegasse o mesmo, eu jamais o absolveria por falta de provas ou coação moral.

Não é todo dia que se é xingado de machista. E não é algo que pudesse deixar passar em branco. Confesso que o fato me entristeceu um bocado e custei a falar de novo com a promotora. Mas, afinal, compreendi que a acusação de sexismo reverso que aquelas páginas traziam dizia muito mais sobre a acusadora do que sobre mim mesmo.

Por uma estranha conjugação dos fatos, ler aquela peça acabou me dando uma certeza ainda maior da decisão que havia tomado.

Traficantes e usuários

Funcionários públicos quando servem de testemunhas são requisitados pelos juízes a seus superiores. É o caso dos policiais. Pelas regras, devíamos ser informados, previamente, se por algum motivo estão impedidos de comparecer em determinada data. Isto, no entanto, nem sempre acontece e muitas audiências são frustradas ou interrompidas pela metade, ante a ausência da testemunha, que tinha por obrigação estar lá.

A ausência de policiais ocorria com mais frequência do que se desejava e em algumas vezes, pela recalcitrância, oficiávamos seu chefe indagando os motivos da falta. No caso de policiais militares, acabei descobrindo que isso dava, inclusive, prisão, se não houvesse uma boa explicação.

Foi justamente pela explicação que Geraldo e João Batista começaram seus depoimentos, na audiência redesignada, que só havia sido marcada mesmo para ouvir os dois policiais civis. E foi a partir destas explicações, que a prova se produziu — ou, pela minha visão, se destroçou. Com diminutas variações, o que Geraldo disse foi depois repetido por seu colega:

— Excelência, em primeiro lugar queria pedir desculpas pela ausência na última audiência. Não deu tempo de avisar, porque nós dois, eu e o João, tivemos que fazer uma diligência no interior. Diligência muito bem-sucedida, que acabou resultando em várias prisões. Eu tinha certeza que o senhor iria nos desculpar, porque, afinal de contas, aquilo que era tráfico de verdade. Não esse caso aqui.

O promotor substituto estava de passagem, não fora responsável pela denúncia, mas ergueu as sobrancelhas quando pressentiu uma crítica à repressão de pequenos traficantes.

— Esse caso aqui, doutor, é o seguinte: garota de programa recebe uma pedra de crack por seus serviços. Ela quebra a pedra em três, fuma a sua e passa duas adiante para levar uns trocados para tocar o dia. Não dá para dizer que isso é tráfico, né doutor?

A mim me intrigou o fato de que o policial tivesse essa visão crítica sobre a repressão e, apesar disso, tenha resolvido levá-la presa — muito provavelmente ignorando outras condutas mais lesivas. Mas ele tinha mais a dizer.

— É a meta, doutor. A gente tem que cumprir uma prisão por semana lá na Cracolândia. Às vezes, não dá tempo de fazer uma prisão mais elaborada, ouvir informantes etc. Daí a gente vai no seguro, nessas meninas que não tem erro. Quase sempre estão com umas pedrinhas.

Formalmente, é lógico, isso poderia ser considerado tráfico — porque, para a lei, pouco importa a quantidade, se existe posse para venda. Mas como a prova decorre, no mais das vezes, de ilações dos próprios agentes, a condenação depende do nível de exigência de cada juiz sobre a prova. Para mim, o sincericídio do policial já era razão suficiente para não condená-la. Somando-se o fato de que a ré, quando foi ouvida, disse ser apenas usuária e nenhum suposto adquirente foi localizado. Assim, não me parecia ser necessário maiores digressões.

Tinha sido otimista; o promotor não apenas se manifestou enfaticamente pela condenação, como ainda registrou sua discordância quando a absolvi.

Como a ré estava solta, o julgamento da apelação demorou e eu não estava mais na vara, para saber o resultado. Não me surpreenderia se acontecesse com a garota de programa o que aconteceu com Luzia, que me procurou por e-mail para compartilhar o tamanho de sua tristeza.

Lembro-me vagamente que também se tratava de uma acusação de tráfico de uns poucos gramas de cocaína, que, por insuficiência de provas do comércio, eu havia desclassificado para porte para uso pessoal. E imposto a ela como pena a mesma advertência que lhes contei ter aplicado em Ricardo.

Mas Luzia não chegou a estar comigo nesta audiência, justamente porque o promotor recorreu e o Tribunal reformou minha decisão uns dois ou três anos depois. Talvez estivessem certos, mas para Luzia a decisão chegou na pior hora possível.

— Doutor — ela me escreveu — eu refiz minha vida, casei de novo, estou trabalhando com carteira assinada e com um bebê de quase um aninho. Me diga o senhor, agora eu tenho que ir para a cadeia?

Sim, porque o tribunal, ao considerar sua conduta como de tráfico, na linha das argumentações que o viam como crime nefasto e odioso, hediondo e causador de intranquilidade, motor da criminalidade e ruína da família etc, também havia negado a redução de pena prevista na lei aos réus primários e fixou-lhe cinco anos em regime fechado, como, aliás, decidia à época, uma parcela significativa dos juízes do Estado.

— Eu não quero fugir, se for preciso eu me apresento. Mas isso vai acabar com a minha vida.

Expliquei a ela que não havia providência que estivesse a meu alcance, pois o que me cabia fazer já tinha feito. E que na lógica do processo, a decisão dos desembargadores valia mais do que a minha. A única alternativa era procurar um advogado para se aconselhar ou, se não tivesse condições, a própria Defensoria Pública, que era de ótima qualidade.

Uma vez que respondi o primeiro e-mail, ela se achou na obrigação de mandar as atualizações do caso, para que eu ficasse a par. Não respondi mais. Mas acompanhei silenciosamente sua comemoração quando me contou que um Habeas Corpus do Superior Tribunal de Justiça havia anulado o acórdão que lhe condenara por tráfico. E meses depois, as lamentações por ter sido condenada no novo julgamento, com a mesma pena de antes.

Ela me dizia que ainda tinha fé na justiça, mas passaram-se outros meses e ela me escreveu, pela última vez, comunicando que o advogado dissera que ela não tinha mais recursos. As correspondências se encerraram e suponho que ela tenha ido cumprir sua pena.

Mesmo achando que fiz o certo, fiquei com a impressão que, em determinadas situações, o certo não era suficiente. Seguindo a lógica do *ótimo inimigo do bom*, pensei se, em certos processos com provas divididas, não seria melhor acolher o pedido de condenação e fixar eu mesmo uma pena mais aceitável para o tráfico, já que os promotores que trabalhavam na vara, concordavam com a aplicação do redutor e com a substituição por penas restritivas aos réus primários.

Difícil imaginar a situação em que condenar como traficante pode representar uma solução melhor ao réu do que desclassificar para usuário; mas, enfim, foi essa mesma lógica que levou a defensora em outro caso ignorar uma nulidade que nos faria começar o processo do zero. Eu estava de saída da vara e a perspectiva de que outro juiz pudesse julgar e aplicar uma pena que fosse difícil de ser revertida a impedia de arriscar com a liberdade de seu assistido.

— Menos é mais — resumiu.

A realidade tem meandros que não são tão simples de serem explicados. Não estava errado o jornalista Xico Sá, quando definiu, ao ler o primeiro volume destas lembranças: "Mais estranho que a ficção".

Em nome do pai

Era sexta-feira, perto da hora do almoço, quando cheguei à minha segunda comarca, onde trabalharia por um ano e meio. Ainda não havia sido apresentado aos mais de três mil e quinhentos processos que me esperavam ansiosamente, mas recebi o convite para a inauguração do Anexo Fiscal à noite, que coincidia com a minha chegada. O juiz-diretor do Fórum disse, então, que iria aproveitar a ocasião para me fazer uma saudação toda especial. Mais tarde descobriríamos que não seria uma grande ideia.

Com a festa à noite, o expediente foi interrompido para que todos, juízes e servidores, pudessem voltar às suas casas para se arrumar. Mas eu, recém-chegado, ainda não tinha casa, porque minha mudança só viria na segunda. Esperei em um Fórum deserto e desconhecido por mais de três horas, até que a vida por lá recomeçasse.

Isso pode ter contribuído para impedir que tomasse parte, com mais alegria ou vivacidade, da cerimônia de inauguração. Mas o que me tirou do sério mesmo foi a missa celebrada no salão do júri, transformado em uma capela — sem tanto esforço, é verdade, considerando o mobiliário antigo, as fileiras de cadeiras de madeira e o enorme crucifixo entronizado na parede atrás da qual habitualmente se sentavam o juiz e o promotor.

— O senhor vai comungar?

Acho que não cheguei nem a responder ao escrivão que sentou logo atrás de mim e se esforçava para ser gentil. E é bem possível que a minha disposição não estivesse das melhores quando meu colega fez uma curtíssima homenagem pela minha promoção. Optei por nada falar e apenas balancei a cabeça sem muita ênfase e com um sorriso quase imperceptível. Não agradei. No dia seguinte, o comentário geral no Fórum era que o juiz novo era um pouco esquisito.

Esquisito mesmo havia sido o convite que o juiz-diretor me fizera logo em seguida para acompanhá-lo em uma noite de batidas policiais — tipo arma na mão, dentro da viatura em alta velocidade. Nunca entendi como essa dedicação à fé e a veneração às armas podiam conviver tão harmoniosamente, mas confesso que, como sempre me emburrei um pouco com ambas, nunca fiz força para compreender. Hoje tenho mais elementos, ao menos para não me surpreender com essa combinação aparentemente insólita.

Disse não à expedição dos velozes e furiosos, agradecendo com gentileza — um tempo depois, acabaria anulando uma das prisões em flagrante de que meu colega, sorrateiramente, houvera tomado parte.

Na segunda-feira, comecei decidido. Aproveitei que estava chegando e pedi para que minha sala fosse pintada, ocasião em que resolvi trocar o crucifixo patrimoniado pendurado na parede atrás da minha cadeira — todas as varas recebiam uma peça com uma plaquinha do tribunal. Achei que um relógio poderia ser mais útil às audiências.

Certamente, este foi mais um ponto para a construção do "esquisito", que é exatamente tudo aquilo que a gente não quer ser na busca do pertencimento, em que se traduzia meu começo de trabalho na comarca. Mas havia limites para a sociabilidade e um símbolo religioso acima da minha cabeça era um que eu não pretendia ultrapassar.

Contraditoriamente, isso me ensinou muito sobre empatia, ou pelo menos, me alertou sobre a enorme dificuldade que as pessoas tinham em se colocar no lugar do outro. Quando tudo lhe era tão próximo, tão familiar, parecia difícil imaginar que a mesma situação poderia ser acolhedora a um e não a outros.

Eu cansei de ouvir argumentos como: a cruz é um símbolo cultural, mais do que religioso; é uma prova de um grande erro judiciário, por isso cai bem num edifício da justiça. É uma forma de respeito à maioria do povo que é católica ou, pelo menos, o resquício de uma tradição histórica que, por respeito, não merece ser desprezada.

Mas nada disso me convencia, sobretudo, porque a imagem que eu tinha da cruz era algo com a qual nunca me identifiquei, fruto por certo da herança de uma educação judaica. Não me incomodava a mensagem que o símbolo trazia — fosse de martírio ou de esperança. Mas sim o fato de não me sentir representado por ela — como se fosse um estrangeiro dentro daquela casa.

Isso talvez tenha me chamado a atenção para tantos outros que se sentiam pouco à vontade dentro dos fóruns. A começar por aqueles que não entendiam a nossa linguagem empolada ou se sentiam intimidados com as vestes, o que me levou a jamais usar toga nas audiências e buscar, ao menos no contato com as partes, uma linguagem mais coloquial. Ah, e também não censurar nem proibir gente vestida de diferentes formas — inclusive as tão hostilizadas bermudas, regatas e minissaias, que escandalizavam a tradicional família forense.

Enfim, depois que tomei a coragem pela primeira vez, achei que o combo pintura-relógio podia funcionar para me ver livre dos símbolos religiosos que me cercavam, sem me esforçar em tanta argumentação. Mas para isso, eu devia primeiro, reconhecê-los.

No curto tempo que passei em uma vara criminal regional, quando fiz as audiências da Maria da Penha a que me referi, ocupava o lugar de um colega afastado por motivos de saúde. Por isso, não me atrevi a tirar nada do lugar, nem mesmo os objetos de decoração que ele deixara sobre a mesa de audiência e me pareciam vindos de uma fazendinha. Uma querida amiga que veio me fazer uma visita de boas-vindas se divertiu com a situação:

— Vou tirar uma foto, porque está muito engraçado ver você sentado com o presépio à sua frente.

Mas o momento mais constrangedor, passei no meu próprio cartório, na tradicional festinha de fim-de-ano, depois de ter a atenção despertada para um poster evocando a comunhão da Santíssima Trindade pregado na coluna central, de cara para o balcão de atendimento ao público.

Puxei minha escrevente de sala do lado e discretamente perguntei:

— Desde quando tem um cartaz religioso aqui no nosso cartório? Pessoal não sabe que eu não quero esses símbolos?

A resposta me desconcertou:

— Pelo menos desde que nós chegamos aqui, doutor. Uns oito anos.

Dizer a eles que não admito os símbolos religiosos à vista do público significaria confessar que mal olhava para o cartório, embora batesse ponto nas correições e, sobretudo, nas confraternizações. Era passar um atestado de enorme desinteresse. Com medo de sair pior a emenda que o soneto, disparei:

— Mas essa parede está muito suja. Vamos mandar pintar.

No que a arguta escrevente já emendou:

— Pode deixar, doutor, que eu vou fazer o pedido de um relógio...

Bobby

Há duas formas de contar a história de Bobby e as agruras que acabou suportando.

A primeira é apresentando Júlio, seu vizinho. Adolescente, portador de uma potente síndrome neurológica, com convulsões habituais, desde a tenra idade. E que se aguçava nos momentos de estresse, quando se sentia oprimido ou com muito barulho e confusão. Tudo o que fugia à rotina lhe despertava atenção. Privação de sono ou má alimentação eram ingredientes determinantes para a instabilidade. Há quem diga que depois de um tempo, a família se acomoda e se acostuma a uma forma especial de conviver com o drama. Seu pai jamais conseguiu e seu comportamento irascível, supostamente em defesa do filho, não raro tornava o ambiente ainda mais carregado.

A segunda forma é apresentando dona Vera, a principal companhia de Bobby. Ela lhe dava aconchego, carinho e comida. E ainda passeava sorridente sempre a seu lado. Bobby era tratado como um príncipe na casa, mas a verdade é que ele compensava, e ainda em dobro, todo amor que a mãe lhe destinava. Era a alegria da família. Bobby tinha mais ou menos a mesma idade de Júlio, mas para a contagem canina, estava mais perto do fim.

A Defesa me contou a história de Júlio, como forma de explicar os motivos pelos quais seu pai havia feito aquilo de que lhe acusavam. Sobretudo, o fato de que os latidos do cachorro estariam tornando ainda mais difícil a tranquilidade do garoto.

— O cachorro devia estar sendo maltratado, só pode — dizia o réu — porque estavam latindo muito e muito forte nos últimos meses. E as convulsões do Júlio só aumentaram. Eu tentei dizer isso à proprietária, mas ela não me deu ouvidos. Por outro lado, reclamava que sua família não tinha ficado um único dia sem ouvir por horas o latido estridente de Bobby.

— Já tentei de tudo, chega uma hora que a gente perde a paciência.

Segundo a acusação, ele havia perdido bem mais do que a paciência. Tinha contratado uma pessoa que conhecera na padaria para "fazer o serviço". E fazer o serviço significava tomar Bobby à força de dona Vera e soltá-lo em um lugar distante para que nunca mais voltasse.

O executor do plano morava em Carapicuíba, no sudoeste da grande São Paulo. E foi lá que Bobby foi parar, mais de trinta quilômetros adiante, depois de arrancado de sua dona.

Dona Vera lutou como pôde para defender o filhote. Segurou tanto na guia da coleira que acabou vindo ao chão com o movimento abrupto e violento. Saiu do episódio com várias escoriações nos braços e nas pernas. Mas nada fora tão pesaroso como o fato de Bobby lhe ter sido tirado no meio do passeio, e a perspectiva de não poder vê-lo nunca mais. Ela gritou, chorou, deu escândalo na rua e foi à delegacia reclamar do sequestro. Mas até então não sabia quem era o responsável.

A chave do mistério veio dias depois com uma senhora de Carapicuíba, que havia assistido na televisão a história do cachorro roubado e suspeitou que fosse um que havia visto andando sem rumo perto de sua casa e o recolhera. Tudo parecia uma grande coincidência, mas os investigadores que foram resgatar Bobby e a ouviram, logo perceberam que seu chamado não era tão ao acaso assim. Não demorou muito para que ela admitisse que seu marido é que havia trazido o cachorro de São Paulo, com ordem do patrão para soltá-lo na rua. Mas ela conseguira convencê-lo a não terminar o serviço.

Junto com a notícia do encontro de Bobby, Vera recebeu uma intimação para ir à delegacia e reconhecer a pessoa que teria tomado seu cachorro — e, de quebra, lhe atirado ao chão. Na berlinda, após ser identificado, o homem confessou e delatou o pai de Júlio como o mandante.

— Ele esperou no carro, que era para não ser reconhecido — afirmou em seu interrogatório — mas ia me pagar quinhentos reais pelo serviço.

Foi a partir da prisão de seu pai, que se inicia, para o processo, a história de Júlio, em nome do sossego de quem, afinal, o cachorro teria sido tomado.

Era uma história triste com final razoavelmente feliz — mas a decepção da promotora, uma conhecida amante e cuidadora de animais, com a minha sentença provocou outro cataclisma.

— Que decisão absurda, você não tem coração, não?

Olhando hoje, retrospectivamente, tendo a achar que ela estava com a razão. Talvez não tenha me sensibilizado o suficiente com o que fora feito de Bobby, com o perigo que ele correu. E o sofrimento maldosamente causado a Vera. Por outro lado, capaz que tenha me sensibilizado demais com o pobre Júlio, ainda que a violência tivesse sido praticada pelo pai, sem seu conhecimento, e muito provavelmente, sem sua aprovação.

Mas o fato é que a questão jurídica me corroeu por dias e não me entrava na cabeça que o fato se amoldasse a um roubo, uma subtração com violência ou grave ameaça de um bem "para si ou para outrem", enfim, um crime patrimonial.

Honestamente, achei que estávamos lidando com o exercício arbitrário das próprias razões, o vizinho tão indignado com o barulho que procurou, não se apossar do animal, mas levá-lo longe o suficiente para não mais lhes incomodar. Uma espécie de justiçamento que a lei pune com uma pena bem leve. Como

Vera suportou lesões corporais e o mandante do crime era reincidente, lhe sobrariam alguns meses de prisão.

Mas nada, nem mesmo os maus tratos ao animal, caso denunciado, resultaria em uma pena tão expressiva quanto aquela a ser aplicada pela condenação de um roubo, considerando o animal uma coisa móvel do patrimônio de Vera. É curioso que ele valesse mais quanto menos como fosse tratado como um ser vivo. São as contradições profundas de um direito penal que tem como principal função a tutela da propriedade.

A promotora, sim, ela ficou com raiva de mim pela sentença que chamou de ridícula; mas não chegava aos pés da ira que dirigiu a seu próprio colega que, ciente da sentença, dela não recorreu. A contragosto, a promotora ainda foi obrigada a fazer as contrarrazões do apelo da defesa, uma peça na qual, pela lógica, seu principal papel era defender a sentença.

— Ah, mas isso eu não vou fazer nem morta...

Presente!

O que você seria capaz de fazer por sua filha?

Para uma relação que começou com nove longos meses de gestação e um parto, nada parecia esforço em demasia. Carinho para todo o lado e armas em punho quando necessário. Essa era mais ou menos a disposição de dona Neusa, quando Carlinha nasceu. Não mudou um milímetro, depois que ela virou uma menina falante, uma moça espevitada, ou uma mulher independente, que saiu de casa, e até do país, para estudar.

Principalmente, quando saiu do país para estudar.

Ela me contou em detalhes, mas eu não saberia mais reproduzir com tantas minúcias. Sei que Carla foi aceita para algo academicamente muito importante, dessas oportunidades que não aparecem todo dia. Uma conquista, ela me dizia, com aquele orgulho incontido que só as mães têm. O acesso a uma universidade de primeira linha nos Estados Unidos seria extremamente recompensador para a carreira dela.

Mas é lógico que se dona Neusa foi obrigada a me contar isso em uma audiência criminal é sinal de que algo não havia saído conforme o combinado.

No caso, o problema era justamente o combinado.

— Olha doutor, era a minha filha. Como podia deixar ela na mão?

Foi apenas uma questão de datas, ela me dizia. Carlinha teve de ir para os Estados Unidos em setembro, mas o semestre letivo do lado de baixo do Equador só terminava no começo de dezembro. Se deixasse de ir, perdia a oportunidade da bolsa; mas se atrasasse a graduação, esta de nada lhe adiantaria. Na escolha de

Sofia a que estava submetida, as duas hipóteses eram igualmente desastrosas. Só uma coisa podia salvá-la: sua mãe.

— É isso, doutor. Eu fiz um semestre da faculdade de economia. E o senhor não sabe o que isso me custou.

De tantas histórias que ouvi na carreira, muitas escabrosas, outras engraçadas, mas todas intensas e dramáticas, poucas me despertaram tanto a curiosidade de ver ao vivo, quanto a representação de dona Neusa, como se fosse sua filha, dentro de uma sala de aula. Até hoje, fico me perguntando como foi que ela conseguiu passar incólume por quase três meses.

No começo da audiência, é verdade, ela tergiversou. Disse que tinha ido um dia ou outro e apenas assinou a lista para que sua filha não tivesse falta. Mas é lógico que ela não conseguiu se desincumbir das perguntas que eu fazia com base nos documentos que haviam sido juntados pela própria Faculdade. E, com o tempo, se libertou para me contar a história toda.

— Ela fazia a faculdade de noite, doutor. Nós mudamos para a manhã. Porque ia ser mais difícil de encontrar colegas na classe. Desde o começo do semestre, era eu que ia — ela ainda não tinha viajado, mas achamos que não dava para fazer a troca no meio do curso. A chamada raramente era verbal e as assinaturas na lista nunca eram conferidas, o senhor sabe. Acho que tive de dizer "presente" só umas duas ou três vezes nesse tempo todo.

Neusa tentou me dizer que embora fosse ela que respondesse a chamada, sua filha tinha acompanhado o curso.

— Ela fez todos os trabalhos, doutor, tudo o que tinha que apresentar, era ela que preparava. Leu os livros e tudo. Só as provas era eu que fazia, mas ela me treinava tão bem, doutor, que era como se ela mesmo estivesse cursando. Acho injusto que a faculdade não tenha aceitado dar os créditos para ela...

Mas era inequívoco que dona Neusa é quem merecia os créditos.

Ela cursou Finanças Internacionais, uma disciplina dos quais metade dos tópicos da ementa eram simplesmente impronunciáveis. Sentiu-se um pouco mais à vontade na Economia Brasileira Contemporânea. Afinal, tinha ouvido um monte sobre o tal "milagre econômico" nos telejornais da época, e sabia na pele o que havia desandado nos Planos Cruzado e Collor. Deu até para arriscar umas perguntas ao professor. Tinha uma tal Metodologia que ela não entendeu praticamente nada, mas como as provas eram em grupo, e ela facilmente ganhava os colegas com sua simpatia, conseguiu se virar muito bem.

O que ela não imaginava é que na licença-saúde de uma professora do matutino, o professor do noturno, que conhecia muito bem sua filha, viria a substitui-la por uma semana. Lá pelas tantas, depois de estranhar uma vez, olhar de novo outro dia, ele finalmente chegara à desastrosa conclusão.

— A senhora é a mãe da Carla?

Aquele espanto episódico podia ter ficado por lá mesmo. O professor diria depois que até se arrependeu de tocar naquele vespeiro. Mas a coisa logo se tornou pública e dona Neusa estava com seus dias de estudante contados.

Falsidade ideológica nas salas de aula aconteciam diariamente. Cada aluno que assinava na lista de presença para o colega que faltou cometia um crime. Eu gostava de usar esse exemplo quando conversava sobre cifra negra: aquele volume imenso de crimes que eram cometidos todos os dias, mas que nunca chegavam às estatísticas. Até porque a maior parte era insignificante mesmo. E a bem da verdade essa prática tinha um quê de adequação social — era consentida na maior parte dos cursos. Professores preferiam menos alunos prestando atenção na aula do que uma sala lotada repleta de conversas paralelas, daqueles só interessados no registro da presença.

Mas tudo tem um limite e ela o havia ultrapassado fortemente. Dona Neusa fez por sua Carlinha o que podia e o que não podia para lhe ajudar. Agora estava ciente de uma conta a pagar.

— Eu sei que estava errada, doutor, mas me diga uma coisa. O que o senhor seria capaz de fazer por sua filha?

A troca

Quando terminei de ouvir, naquela quarta-feira nublada, os dois policiais militares que haviam feito a prisão em flagrante e serviram de testemunhas da acusação, estava convicto da condenação de Ernesto. O crime era o porte ilegal de armas, uma pistola .40, originalmente de procedência da Polícia Militar, que teria sido apreendida em seu poder.

A promotora que digitava freneticamente durante os depoimentos também — para ganhar tempo, ela preparava suas razões finais enquanto ainda aconteciam as oitivas. Suspeitei de sua convicção porque, satisfeita com o relato dos dois agentes, ela desistiu da terceira e última testemunha, o adolescente que fora apreendido, saindo do mesmo veículo em que Ernesto teria estado junto de outra mulher, que seria julgada quando seu paradeiro fosse encontrado.

Como o jovem era também testemunha da defesa, e estava presente no Fórum, o advogado do réu insistiu em ouvi-lo — e, a partir dele, devo dizer, minha impressão sobre o processo foi mudando gradativamente.

— Eu estava lá sim, doutor. A Cláudia também, que é minha amiga. E o *Mineiro* que foi no bar fazer xixi. Mas esse senhor aí, eu não sei quem é.

Não é incomum que adolescentes, ouvidos em juízo, alterem versões para eximir de responsabilidade parceiros imputáveis. Muitas vezes, devo dizer, que, salvaguardados pela impossibilidade de serem processados criminalmente, chegam até assumir sozinhos os crimes — ainda que a internação deles não seja lá uma medida muito diferente da cadeia.

O jovem, no entanto, me parecia sincero. Não apenas por admitir que estava mesmo armado e confirmar que sua amiga Cláudia também estava. Mas também por acrescentar que estavam planejando um roubo — o que as duas toucas ninjas encontradas dentro do Fiat Uno, aliás, indicavam fortemente.

Mas indagado se não tinha mesmo visto o acusado no dia dos fatos, o adolescente admitiu:

— A polícia voltou com esse senhor sim. Mas ele não estava no carro com a gente. Não sei de onde ele saiu.

A outra testemunha de defesa foi ainda mais aguda:

— Olha, doutor — ela disse respondendo ao advogado — eu vi o Ernesto no ponto de ônibus; conhecia ele como pintor. Já trabalhamos juntos. Não sei o que ele tinha feito naquele dia, mas os policiais já chegaram batendo um bocado nele. Eu não parei para ver muito, não, que eu fiquei com medo. Mas encontrei ele um mês depois e ele estava andando com a perna engessada.

Enfim, Ernesto disse que não conhecia a outra mulher que foi presa, que não conhecia o adolescente, que não estava armado e não tinha entrado em carro nenhum. Passou o dia trabalhando.

— Não vou mentir, doutor, estava pintando uma *mansão*. Assim que saí de lá, e antes de ir embora, eu parei no bar para tomar uma cachacinha sim. Bom, talvez tenha tomado duas. Mas não era para tanto, né doutor? Eu tava no ponto e os policiais já vieram batendo. Fraturei a perna, fiquei três meses sem poder pintar e estou até agora com o aluguel atrasado. E a modo de que eu ia andar com uma arma, pra ficar pintando parede?

Como os policiais nada tinham dito sobre violências ou fraturas, reli os autos para encontrar os depoimentos que haviam prestado ao delegado no dia da prisão. Mas também não constou nada lá sobre isso. O laudo de corpo de delito indicava que a perna estava mesmo engessada, mas exatamente por isso, os peritos não tinham condições de fornecer maiores elementos sobre a lesão.

Mal acabou o interrogatório de Ernesto e a promotora entregou o pen-drive com o "debate" para a escrevente inserir no termo.

Não me segurei.

— Está pedindo condenação? — ela só respondeu sim com um sorriso, que me deixou um pouco atônito.

Indaguei, então, ao advogado se ele pretendia falar ou pedir memoriais para preparar a defesa com mais cuidado. Mas ele também quis resolver logo o assunto. Formulou um burocrático pedido de absolvição e por via das dúvidas, buscou o cumprimento de pena em liberdade, caso fosse condenado. E estávamos conversados.

Eu resolvi parar para pensar e só fui julgar Ernesto no dia seguinte.

Pude conferir que o laudo não dizia muito mesmo, mas ele fora requisitado pelo delegado — ou seja, Ernesto estava ferido, quando chegou preso à delegacia. No Boletim de Ocorrência, havia uma referência de passagem ao fato de que "durante a perseguição a pé, quando o policial segurou o suspeito, este caiu na via pública, razão pela qual sofreu lesão na perna direita".

Ernesto foi solto sob fiança e foi tratar de sua perna por conta própria, no dia seguinte. Certamente não a engessara para simular uma lesão para a qual até o delegado tinha alertado. Além de pagar a fiança e perder três meses de trabalho, ele ainda comparecera por quatro vezes no cartório, cumprindo a condição que havia sido fixada pelo juiz do inquérito para sua liberdade.

Era difícil apostar que os policiais tivessem inventado a posse da arma com ele, para prender de forma gratuita uma pessoa que nem ao menos conheciam. Mas era também custoso acreditar que aquele pintor estivesse concluiado com o jovem infrator e a mulher que solta, nunca mais foi encontrada, para prática de roubos.

A chance de que os policiais tivessem confundido o trabalhador que saía do bar depois de duas doses de cachaça com o assaltante que lá entrava para urinar não era de se desprezar. Parecia que eu estava vendo uma cena de filme com essa troca acontecendo.

Eu me convenci fortemente da inocência de Ernesto — mas o processo só exigia de mim a dúvida razoável, e foi essa que eu escrevi na sentença. Sem acusar propriamente os policiais, mas determinando que, independentemente da culpa ou inocência do réu, a agressão que tinha sido muito mal contada até então, devia ser apurada em um inquérito a parte.

Quando o promotor das quintas-feiras se sentou para o começo das audiências, eu lhe contei sobre o processo do dia anterior. Era algo que realmente estava me incomodando. As dúvidas que tive e a conclusão a que finalmente chegara. O processo não era dele, mas por algum motivo ele reconheceu os meus esforços e se apiedou das minhas inquietações. Pediu para dar uma olhada no processo, para compartilhar impressões. Virou algumas páginas, balançou a cabeça por mais de uma vez e me disse, enquanto apunha sua rubrica na última página:

— Estou tomando ciência desta sentença. Fica tranquilo, não vai ter recurso.

A aflição de Ernesto chegara ao fim. A minha também.

A biópsia

— Cento e cinquenta é o preço básico; o senhor sabe que se tiver de fazer biópsia, sai mais 80 reais, né?

Marcos abanou a cabeça e respondeu com um sorriso amarelo, enquanto acariciava a mão de sua esposa, ao fazer a ficha na clínica para a endoscopia.

Quando ela entrou para o exame, disse-lhe que ia dar uma saidinha para carregar o bilhete único. Mas estaria de volta antes que ela terminasse. Meia hora depois, sua esposa já estava na sala de espera, quando o viu regressar afobado.

— Elevador quebrado, tive de subir de escada...

Tirou o dinheiro que estava separado na carteira, e, como já supunha, ela tinha mesmo sido submetida à biopsia. Foi contando as notas miúdas e amassadas que estavam no bolso para inteirar a despesa extra, sob o olhar de reprovação da atendente. E de sua esposa. Na pressa, deixou cair algumas moedas no chão, mas não se abaixou para catá-las. Pegou apenas a mão de sua esposa e a convidou a sair. Estavam atrasados, comentou.

Quando abriu a porta da clínica, foi preso.

— Vocês estão cometendo um engano, dizia sem parar.

Mas não havia engano algum. Marcos fora seguido pelo vigia da rua chamado pela proprietária de uma loja de bijuterias na quadra ao lado. O segurança o viu entrar na clínica e avisou os policiais que faziam ronda a pé. Quando ele saiu do prédio, a dona da loja o esperava na calçada e apontou:

— Foi esse mesmo, policial; levou noventa reais da loja.

A esposa que estava de jejum desde cedo desmaiou.

Apenas algumas moedas foram encontradas no bolso de Marcos; o restante do dinheiro havia sido pago por ele à clínica. As vítimas acabaram se acertando e dividindo o prejuízo.

Preso, ele supunha que seria; sua preocupação era de que sonegassem à sua esposa, o resultado da endoscopia. Desempregado e sem convênio médico, juntou o que tinha para fazer o exame em uma clínica particular, em razão da demora no agendamento do hospital público. Estava tudo programado, tudo pronto para dar certo, mas a biópsia lhe quebrou as pernas.

Pelo tempo, Marcos deve ter zanzado poucos minutos pela rua, olhando suas possibilidades. Uma loja vazia e uma mulher sozinha no caixa pareceu ser a hipótese mais promissora. No auto de prisão em flagrante, constou que ele havia simulado estar armado, mas a dona da loja disse que nem chegou a tanto.

— Ele estava com a mão no bolso, mas não falou que estava armado. Falou que era um roubo e eu sei que não é para reagir nesses casos. Entreguei o que tinha no caixa, que não era lá grande coisa. Ele pegou notas de 20, 10, 5 e algumas moedas também.

Orgulhoso, Marcos negou que estivesse precisando de dinheiro para inteirar o exame, e disse apenas que tudo não passava de uma confusão e que fora reconhecido por engano.

Dada a dinâmica da situação, descrita pelas testemunhas, da clínica, da loja, da segurança da rua, não tive dúvidas em saber o que tinha se passado. Mas sim no que se passaria dali a diante.

Quando a gente vai julgar há duas forças que agem simultaneamente no raciocínio. A ideia de que devemos procurar repetir padrões decisórios — em suma, aplicar uma tese geral que pode caber em situações iguais; e a percepção de que as situações nunca são suficientemente iguais para ensejarem respostas similares. Lidar com esse processo de decisão entre o geral e o particular, entre a técnica e a sensibilidade, sempre me pareceu ser o maior desafio e ao mesmo tempo a maior beleza da profissão, quase nada automatizada: a dor e a delícia de realizar, ao mesmo tempo, direito e justiça.

Faço essa introdução para dizer que, ao que me lembre, essa foi a única vez em que apliquei o estado de necessidade para isentar um réu de um crime de roubo.

Normalmente, devemos usar a excludente do estado de necessidade apenas nas situações limítrofes, em que o perigo não pode ser contornado de nenhuma outra forma, senão pelo crime. E assim, o fato que é típico, ou seja, proibido, deixa de ser antijurídico — excepcionalmente autorizado. Mas é óbvio que essa situação é quase inexistente. Muito discutida no furto famélico, por exemplo, mas quase nunca aplicada — porque os juízes sempre acabam dizendo que havia outras formas menos lesivas de enfrentar o perigo.

Mas a situação de Marcos me parecia adequada para ser reconhecida.

Ele não se preparou para praticar roubo algum. Não estava armado e nem tinha isso como objetivo ao sair de casa naquele dia. Ao contrário, havia se programado direitinho para a despesa que pretendia fazer — três notas de cinquenta reais separadas na carteira para pagar a endoscopia.

Mas o desespero que lhe bateu ao se dar conta de que poderia ter que pagar também pela biópsia, foi tamanho que deixou sua esposa fazendo o exame, ameaçou a dona de uma loja para levar os trocados que tinha no caixa, que logo desembolsou na própria clínica, deixando até as moedas caídas pelo caminho.

Enfrentou quinze dias de prisão — e sua esposa um périplo para conseguir, finalmente, acesso ao resultado do exame. Saiu algemado da clínica e impotente até para prestar socorro à mulher caída no meio da rua.

No fim das contas, achei que tudo isso era uma lição suficiente para quem nunca tivera qualquer antecedente criminal e que se movera, sobretudo, pela ausência de alternativas.

Ele saiu livre e sem pena. Mas não me agradeceu. Depois que o advogado lhe explicou o que havia acontecido e por que motivo eu o absolvi, ele ainda resmungou, contrariado:

— Não é verdade, eu tinha dinheiro...

Polícia

O crime é um empreendimento do imponderável; quanto mais ele se organiza, maior a chance de atenuar essa imprevisibilidade. O processo de Everaldo é uma mostra dos mecanismos que tornam a prática delitiva mais segura, mas também exemplo de como a inteligência da investigação pode superá-la. E um daqueles casos em que a polícia podia ser encontrada dos dois lados da equação.

Cronologicamente, os crimes aconteceram antes; mas o relato que recebemos dá partida na investigação. Chegou às mãos da Delegacia de Furtos e Roubos a informação de que vários escritórios e pequenas sedes de empresas estavam sendo invadidos nas madrugadas. O objeto de desejo dos furtadores era, sobretudo, equipamentos de informática.

Este tipo de crime acontece com frequência, mas algo estava chamando a atenção da polícia: um primeiro mapeamento, com coleta de Boletins de Ocorrência, dava conta de vários crimes em sequência cometidos em áreas nobres da capital, que normalmente entravam na rota das patrulhas da noite. Mas nunca casava de uma viatura cruzar com os furtadores que, pelo volume de bens subtraídos, certamente faziam o trabalho em equipe e a fuga com um ou mais veículos.

Analisando as regiões-alvo, os policiais civis do DEIC apostaram em uma espécie de patrulha complementar, sem avisar os militares. Depois de uma semana de insistência, quase conseguiram um flagrante. Os furtadores fugiram da empresa de manutenção de computadores a tempo de não serem presos, mas deixaram para trás a maior parte dos pertences separados. E ainda esqueceram um aparelho celular.

Foi por intermédio das ligações deste aparelho, que os policiais pediram ao juiz de inquéritos a interceptação telefônica de alguns de seus contatos. Depois de dias de acompanhamento, a descoberta: uma das ligações esclarecia o porquê do sucesso prolongado do grupo. Alguém estava mapeando as viaturas da PM da madrugada e indicando aos furtadores os lugares que estavam seguros.

Tudo indicava ser um policial militar, mas a confirmação só veio com a interceptação do número de Everaldo. No meio de uma ligação com os membros da quadrilha, ele estava indicando um local que já estava "barra limpa". Descuidado, cometeu o erro de guardar o telefone no bolso, sem antes desligá-lo, durante uma abordagem de rotina no seu trabalho "oficial". E essa conversa foi captada pela interceptação:

— Documento pessoal e do veículo, por favor.

Instantes depois, Everaldo canta o número da CNH ao colega para conferência. Em breves minutos, ouve-se sua voz dispensando o motorista para prosseguir seu caminho.

Nesse curto intervalo, e a partir das poucas frases ditas, foi possível aos investigadores confirmarem a suspeita de que o auxílio aos furtadores estava sendo prestado por um policial militar — restava descobrir quem. Foram atrás do motorista, identificado pelo número da CNH cantado por Everaldo, e conseguiram descobrir exatamente onde havia sido a abordagem, o que lhes permitiu, junto à PM, apurar quem eram os policiais que estavam no local. E, a partir dessa informação, uma busca e apreensão nos armários dos policiais militares, feita dias depois, permitiu a localização daquele telefone interceptado entre os bens de Everaldo.

O policial negou, disse ter sido vítima de uma armação, mas acabou por reconhecer sua própria voz na ligação interceptada, reclamando, apenas, da interpretação maliciosa que estava sendo dada à conversa. Mas foi levado com outros policiais a uma sessão de reconhecimento pelo motorista que tinha sido abordado no trânsito. Ele o identificou no ato.

Na sequência, foi analisada a compatibilidade entre os trajetos das viaturas em que Everaldo esteve nos dias de furto — e pelo menos uma meia dúzia deles haviam sido praticados em ruas nas quais Everaldo tinha estado de patrulha minutos antes.

O novelo foi sendo puxado e os interlocutores de Everaldo descobertos por novas interceptações, numa investigação que culminou com a prisão de parte da quadrilha e a admissão de dois dos furtadores sobre as dicas que Everaldo lhes fornecia:

— Ele ligava e dizia: saímos da rua, podem entrar...

Everaldo confirmou uma das máximas do crime organizado: uma das pontas quase sempre está no próprio Estado. Quando o crime se avoluma, ganha corpo, é cada vez mais difícil de escondê-lo totalmente das autoridades. A capilaridade dos policiais e seus informantes acaba cobrindo uma parcela significativa da cidade. Sem um auxílio interno, dificilmente se passa incólume por muito tempo.

Everaldo foi vítima da cobiça, mas também do descuido. A sorte sorri para quem trabalha, me disse o investigador orgulhoso da solução do crime.

E ele tinha razões para isso.

Quando a investigação acontece, a acusação chega ao jogo com muito mais força. Não era necessário depender exclusivamente da integridade e da memória dos policiais que efetuam a prisão — as investigações sempre traziam uma profusão de elementos de prova.

A investigação tinha, ainda, outro grande benefício: atenuava a forte seletividade que os flagrantes do patrulhamento nos traziam. A fiscalização de rua nunca era aleatória: certos alvos sempre foram muito mais intensamente vigiados do que outros. Nesse momento, o racismo institucionalizado exibia as suas mais fortes garras e a repressão ao tráfico era um exemplo disso. Sem a investigação, milhares de pequenos traficantes eram presos todos os meses, mas isso não levava a lugar nenhum, pois a mão-de-obra mais vulnerável era substituída imediatamente, sem que o comércio fosse afetado.

A prisão e o processo de Everaldo ensinavam que quando queria, a polícia tinha inteligência suficiente para investigar. Isso era tão positivo, que era até de surpreender que fosse relegado à quase uma excentricidade.

Mas verdade seja dita. Promotores e juízes estavam deixando os policiais muito mal-acostumados. O relato de uma denúncia anônima e duas declarações lacônicas e imprecisas costumavam ser suficientes para garantir a condenação do réu — esforçar-se, então, para que?

Enfim, a posição de Everaldo permitiu reduzir drasticamente o risco do crime — os furtadores sabiam, com antecedência, onde os policiais militares já não estavam mais. Mas foi justamente a sua prisão que permitiu conhecer a dimensão dos atos da quadrilha, engordando a punição de todos.

Nada é gratuito.

Abajur lilás

Cueca de couro com um pênis de borracha. Chicotinho. Dois pares de algemas revestidas de pelúcia. Dezenas de preservativos espalhados pelos quartos.

O auto de exibição e apreensão no imóvel, dos quais esses objetos eram apenas uma diminuta amostra, parecia indicar que a casa de massagens tinha um objetivo bem menos terapêutico que sua razão social.

Pelo menos três profissionais como testemunhas se esforçavam o quanto podiam para vitaminar a versão oficial:

— Que isso, doutor — reclamou uma delas com o promotor — eu tenho diploma de massoterapeuta. Meu trabalho não é sacanagem, não.

Pelo que relataram os policiais que fizeram o flagrante, nem o abajur lilás faltava no local — ou alguma luz avermelhada que, segundo as profissionais, contribuía para o relaxamento.

O caderno de anotações das atividades chamava atenção para uma tal massagem tailandesa, mas a descrição que elas deram aparentemente fugia um pouco das atividades de alongamento corporal habitualmente empregadas.

— Essa aí é a mais cara, doutor, justamente porque implica em deslizar o corpo da massagista sobre o paciente. Mas o senhor não imagina o quanto de dor não é possível tirar com ela.

O promotor balançou a cabeça, quase querendo se dizer satisfeito, mas teve um instante de apreensão para saber se prosseguia um pouco mais na inquirição. Nem foi preciso.

— Eu sei o que senhor está pensando. É óbvio que não dá para fazer esta massagem vestida, porque o atrito...

135

— O atrito — resmungou o promotor — lógico, o atrito. Estou satisfeito, excelência.

A defesa procurou saber, enfim, se isso tudo era apenas um esforço para atingir o máximo relaxamento, mas logo viu que sua emenda ficaria pior, bem pior, que o soneto.

— Ah, o relaxamento é opcional. O cliente só paga se quiser.

— E quando a senhora fala em relaxamento... — eu quis tirar a dúvida, enquanto a advogada parecia se esconder na cadeira.

— Isso, o relaxamento oral....

No fundo, ninguém tinha a menor dúvida de que as casas *massage for men* prestavam serviços muito além da terapêutica e, de certa forma, os luminosos de neon que ficavam nas portas sugeriam isso, até mesmo para evitar clientes desavisados. Mas a posição das meninas na audiência era uma sinuca, pois se de um lado não podiam mentir, para não serem processadas por falso testemunho, de outro, certamente perderiam o emprego e as referências na área, se dissessem a verdade. A hipocrisia era, aliás, a tônica do sistema, pois se algumas poucas casas vinham a ser abordadas pela polícia, a grande maioria funcionava a pleno vapor, talvez até com a sua proteção.

A inconsistência da legislação é que a prostituição em si mesma não era mais criminalizada, mas a manutenção de uma casa para esse fim, sim. No rigor da lei, sobrava a prostituição feita na rua que, por outro lado, sempre esteve muito mais afeta à violência e ao assédio da tradicional "delegacia de costumes".

A questão social nunca foi de fácil solução. Nenhuma lei conseguiu debelar essa que vinha conhecida como a "mais antiga profissão"; e as mulheres lutavam de um lado contra o patriarcalismo que objetificava e comercializava seus corpos, e de outro pelo reconhecimento da profissão e a redução da precariedade do trabalho. Entre o consumo que jamais cessa e a perseguição penal *à la carte*, as casas funcionavam mais ou menos como o jogo do bicho — assegurando, sobretudo, a satisfação dos vigilantes.

Para nós sobrava um julgamento entremeado de questões morais, meio distante do panorama de pluralismo social e mais ainda da exigência de lesividade que permeava o enquadramento penal da Constituição.

Em 2009, enfim, a lei mudou e boa parte da jurisprudência passou a entender que a inserção da palavra *exploração* no tipo penal não justificaria punição pela simples "exploração comercial" da prostituição, mas apenas quando houvesse a "exploração" da prostituta. Ou seja, quando o negócio contivesse alguma forma de coação das profissionais, violência, ameaça ou, eventualmente, adolescentes envolvidas.

Quem melhor me explicou o sentido da limitação foi Marlene, que largara recentemente a profissão para transformar-se, como ela mesma dizia, em "empresária do setor de fraldas".

Ela era uma das estrelas da prostituição de luxo, cujo mercado disparava nos grandes eventos. Os fatos de seu processo se passaram durante a semana de Fórmula 1 na cidade, quando os preços dos serviços iam às nuvens:

— Era só dólar, doutor. E muito. Gringo não regateia por aqui não. Dólar e hotel cinco estrelas.

Metade do que ela faturava ficava para o administrador do site em que estava inscrita, que, por sua vez, era responsável por encher a agenda dela.

— Olha, doutor, eu sei que ele fatura com o meu corpo. Não tira um milímetro a bunda da cadeira. Mas ele é que tem os clientes que pagam bem. Eu não tenho acesso a essa clientela. Eu jamais ganharia esse dinheiro se não trabalhasse para ele.

Marlene foi da época de rodar a bolsinha na rua e atendeu por anos em casas de prostituição travestidas de bar ou clínicas. Passou apuros, ameaças e fraudes. Sofreu na mão de gigolôs agressivos e clientes violentos, antes de se tornar uma exceção bem-sucedida no mercado. No final da carreira, atendia a um dos primeiros sites especializados no comércio sexual. Mas diferente da acusação, não tinha nenhuma restrição ao trabalho do rufião — afinal, o que seria do capitalismo sem o atravessador?

— A gente vende uma necessidade que sempre existiu e sempre vai existir. Ele nos traz os clientes. Quanto menos mentira e hipocrisia tiver nesse mercado mais seguro para as meninas.

Pelo menos para servir de testemunha, com toda a certeza.

Peixe grande

Embora a maioria expressiva das prisões por tráfico de drogas revelassem apreensões modestas de entorpecentes, inclusive muitas bem pequenas que permitiam aos juízes navegar na linha tênue entre tráfico e uso, vez por outra um peixe grande caía na rede.

Pela pesquisa que fiz para o Doutorado, cerca de 2,5% das apreensões podiam ser consideradas de grande porte — ou, seja, acima de 10kg de alguma das drogas. Este caso que vou lhes contar era um exemplo bem acabado desta exceção; por intermédio dele, pude descobrir várias coisas, mas cada uma a seu tempo.

A primeira delas foi o grau de detalhismo das testemunhas da ROTA, uma espécie de tropa de elite da polícia paulista.

Ouvimos dois policiais que relataram a ação de forma minuciosa — sem recorrer aos tradicionais "não me recordo" em nenhuma oportunidade. E curiosamente eram dois policiais cuja presença na audiência nem sequer era esperada, porque o comando da PM já havia nos oficiado, explicando que eles tinham uma audiência exatamente no mesmo horário.

Como a outra audiência era lá no Fórum mesmo, o que fizemos foi esperar que o primeiro policial terminasse seu depoimento e saísse da sala de meu colega; no corredor, a escrevente lhe pedira que o acompanhasse porque havia uma outra audiência para ser ouvido.

— Mas assim de cara? Eu preciso ler o B. O. para me lembrar dos fatos.

— O juiz não gosta disso não; fale para ele só o que o senhor lembrar.

E o mesmo expediente ela fez assim que o segundo policial saiu da outra vara, também ele desejoso de olhar o registro da ocorrência antes de ser ouvido. Mas, enfim, aceitou prestar depoimento, sob a alegação da escrevente de que já estávamos com o prazo da instrução excedido:

— E o juiz lá gosta de soltar nestas circunstâncias — ela disse, convencendo-o.

Um de cada vez, sem o ritual de ler o Boletim de Ocorrência e sem que pudessem se conversar antes entre si, foram ouvidos. Depoimentos longos, detalhados e extremamente compatíveis um com o outro. Em um brevíssimo resumo, algo assim:

— Nós estávamos nos dirigindo para o batalhão, quando percebemos uma movimentação estranha no interior de um veículo, com o qual emparelhamos. Parecia que eles estavam fechando um cofre interno por detrás do painel. Passamos a fazer o acompanhamento a uma certa distância e quando eles perceberam, fugiram em alta velocidade. No primeiro semáforo, um dos ocupantes do veículo desceu correndo e entrou em uma viela. Não conseguimos prendê-lo, mas resolvemos abordar o automóvel. Um vão instalado dentro do painel foi aberto e achamos mais de dez quilos de cocaína, em grandes pacotes. O motorista acabou nos levando até a residência onde o restante da droga estava alojada: ao todo, foram mais de 220 quilos de cocaína, armamento pesado, um livro-caixa das vendas de droga e um pen-drive. Entregamos tudo na delegacia.

Eu não sei o grau de eficiência que essa tropa dita de elite, conhecida, sobretudo, por altos níveis de letalidade, tinha nas ruas, mas como testemunhas devo dizer que desempenharam muito bem o seu papel.

O caso, afinal, era mais simples do que se antevia porque o único réu preso confessou — embora não tenha, seja na delegacia, seja no fórum, indicado nomes de seus colegas.

A condenação era segura, ainda, em face do volume expressivo de droga apreendida — como diriam Geraldo e João Batista, policiais civis da prisão na Cracolândia, "isso sim que era tráfico".

Era tanta droga, e ainda várias armas, e outros elementos que ligavam o preso a organizações criminosas, que o mais surpreendente era que tudo tivesse começado com uma simples "atitude suspeita", um olhar de relance para dentro de um carro que havia involuntariamente emparelhado com a viatura.

Era tão, mas tão surpreendente, que um tempo depois vim a saber que provavelmente não era mesmo verdade.

A notícia me veio pelo jornal — e de certa forma explicou o que parecia inacreditável.

Muitas das informações que justificaram prisões em flagrante de tráfico de drogas e associação para o tráfico pelos policiais da ROTA haviam sido obtidas por intermédio de interceptações telefônicas autorizadas por um juiz das Execuções Penais do interior. A escuta era legal, uma vez que determinada pelo juiz, mas os policiais não foram autorizados a relatar isso aos delegados, na hora de lavrar a prisão em flagrante, e nem mesmo aos juízes em audiência para não tornar público, antes da hora, o trabalho de escuta que ainda continuava.

A notícia de jornal dava conta que o Procurador Geral de Justiça teria se dirigido ao Fórum para explicar a questão aos promotores — uma vez que eles também haviam feito as audiências sem saber que as informações obtidas tinham origem nas interceptações.

Isto significava que tanto eles, os promotores, como nós, os juízes, acabamos por comprar por verdadeiros relatos que haviam sido simplesmente inventados, como se supostamente a apreensão da droga fosse casual, uma mera coincidência feliz.

Como a notícia era genérica, o máximo que se podia fazer era ter a suspeita de que tivéssemos sido, naquele caso, ludibriados, embora, pela legalidade da escuta e realidade das apreensões, não havia dúvida quanto à existência do tráfico. De toda a forma, a informação chegou quando o processo já havia sido julgado há meses.

Mas havia ainda um detalhe perdido nos autos para o qual, aparentemente, ninguém prestara a menor atenção. Era o pen-drive a que o policial se referiu e que, efetivamente, tinha sido apreendido naquele QG do tráfico.

Deixei para contar sobre isso ao final, porque, embora tenha feito uma menção passageira a ele na sentença, o que o tornava supostamente interessante era a informação que podia transmitir para novas incursões.

Apreendido pelos policiais militares, o pen-drive foi para o Instituto de Criminalística para ser periciado. Na verdade, a única coisa que os peritos fizeram foi imprimir em pouco mais de oitenta páginas, os documentos que ali estavam alojados. Inseridos no processo, nem promotor, nem advogado fizeram qualquer referência a estes papéis, que eu só fui analisar no momento da sentença, quando me dei conta da bomba que tinha em mãos.

Aquelas oitenta páginas representavam uma espécie de registro do departamento de recursos humanos da facção criminosa. No caso, a indicação de todos, ou pelo menos uma boa parte, dos membros ativos do *partido* no litoral paulista. Cada uma das folhas vinha com o nome, o apelido, o padrinho de batismo, a data de ingresso, a região onde, digamos, trabalhava, além de seu telefone celular e uma foto 3x4 escaneada.

Para os efeitos do processo, aquilo representava apenas um motivo a mais para negar o privilégio previsto na lei a pequenos traficantes, pela inserção na organização criminosa, o que, aliás, já era possível antever com o volume expressivo de droga e armas apreendidas, um veículo com fundo falso, livro-caixa, etc. Mas me soou estranho que uma informação com tamanho detalhamento da organização não tivesse despertado a atenção da Criminalística, como se a impressão dos arquivos do pen-drive tenha sido apenas protocolar. Não havia sequer registro mencionando o que se descobrira.

Na maioria das prisões o que os policiais nos traziam eram denúncias anônimas, atitudes suspeitas, confissões informais, e coisas tais para que destes fatos ralos se chegasse à conclusão do tráfico. Mas estes dados, se verdadeiros, representavam um vasto campo de investigação — produto que era escasso na lógica de repressão ao comércio de drogas, muito mais focado no patrulhamento de rua, o que, aliás, explicava a proporção exagerada de pequenos traficantes nos nossos processos.

Para me desincumbir daquela batata quente, comuniquei à Secretaria de Segurança o que tinha em mãos, o que, para a minha surpresa, tampouco causou qualquer alvoroço por lá. Ao final, fiquei com a impressão de que ou esse tipo de informação já era disseminado — e a polícia sabia muito mais do que aparentava sobre os traficantes — ou, de fato, ela não estava tão bem organizada quando o crime.

No mais, as consequências da opção preferencial pela ROTA na repressão ao tráfico, marca registrada do governo paulista por muitos anos, acabaram por representar, como veríamos, uma combinação explosiva de seus propalados atributos, em especial, a letalidade.

Virando a página

Doze anos depois e Arthur estava à minha frente.

Era difícil imaginar que esse caso viria a ser julgado, após ter sido arquivado por mais de uma década. Para ele, algo pelo qual havia esperado tanto tempo. Para mim, um daqueles dispositivos de processo penal que a gente sabe que existe, mas que até então nunca tinha visto na vida real.

Ele esperou até fazer dezoito anos e ter a possibilidade de representar pleiteando por uma ação penal em relação a um crime de que foi vítima, quando ainda não tinha dez — época que sua mãe se recusou a movimentar a justiça.

— Ela não quis, doutor. Acho que teve medo. Talvez não quisesse me expor, a gente morava no interior na época. E foi tudo muito desgastante. Ela queria colocar um ponto final e tocar a vida adiante. Mas é a minha vida, doutor. Eu nunca consegui tocar ela adiante.

Arthur era de uma família de classe média baixa. O pai sumira no mundo quando ele era bem pequeno e não deixou muitas lembranças. Sua mãe se multiplicava para lhe dar tudo do bom e do melhor, mas tinha muitas limitações. Quando chegou na cidade o anúncio de um professor de teatro da Capital que estava oferecendo um curso para crianças, ela achou que ele devia aproveitar. Arthur era muito introvertido, de poucos amigos, e tinha dificuldade de aprendizado. Ficava muito em casa depois da escola. E uma amiga de uma amiga havia convencido sua mãe que o teatro podia deixar o filho mais comunicativo. Ele podia aprender a se relacionar melhor com os amigos. E quem sabe até melhorar seu rendimento na escola. E ainda era de graça. Botou Arthur debaixo do braço e foi conhecer o tal professor.

— Esse curso era uma espécie de seleção, doutor. Ia recrutar meninos e meninas que quisessem cursar sua escola aqui em São Paulo. Era de graça a seleção, mas um chamariz para o curso que seria pago. Mas depois que a gente é escolhido, e eu fui um dos escolhidos, dá vontade mesmo de querer participar. Minha mãe achou que valia a pena, porque eu estava me destacando. E o senhor sabe como é mãe, não é? Faz de um tudo para que o filho se destaque.

E, de fato, ele também gostou, tanto que quis vir para São Paulo para cursá-lo, uma semana em cada semestre, no meio das férias. Sua mãe se apertou, pediu um desconto aqui, um empréstimo acolá, e fez a sua própria vontade, que acabou sendo a vontade de Arthur também. O curso era uma festa. Eles brincavam, eles corriam, eles gritavam. Faziam uma série de exercícios de voz e corporais. No final das duas semanas, iriam apresentar uma peça para as famílias e a mãe de Arthur achou, afinal, que estava sendo um dinheiro bem gasto.

— Eu gostei muito do professor, doutor. Ele era divertido, animado, fazia a gente se mexer. Parecia um grande amigo nosso. Tanto que um dia convidou para um churrasco na sua casa. Disse que estava chamando todos os alunos e que a gente ia fazer uma bagunça boa. Minha mãe me deixou na casa dele e ia vir buscar mais tarde. Mas acabou que eles combinaram que eu ia dormir por lá. Não entendi bem como foi, mas lembro que fiquei muito animado por causa disso. Ia ser brincadeira um dia inteiro. Mas não foi nada daquilo que eu imaginava...

Ao final, apenas três amiguinhos tinham ido à festa, e os outros dois foram embora antes do fim da tarde. Arthur se viu sozinho com o professor. Ainda não tinha a malícia suficiente para desconfiar da situação, e como o professor dizia estar esperando a namorada para jantarem os três juntos, achou que ia ser tudo normal. O dia estava quente e, mesmo depois que os amiguinhos se foram, Arthur continuou na piscina. O professor, que até então estava servindo o churrasco e pulando de um lado a outro, segundo ele, para terminar umas aulas, veio lhe fazer companhia. Sem maiores avisos, tirou a roupa e mergulhou na piscina de cueca.

— Até esse momento, eu achei que estava tudo certo. E sei lá, acho que para mim era uma coisa diferente ter essa intimidade com o professor. Eu senti que estava me destacando mesmo. E ser admirado, ainda mais assim, escolhido em um grupo, parecia que eu estava fazendo a coisa certa. Ele disse que comigo conseguia se sentir à vontade, e que isso não era uma coisa simples, que era coisa de amigo, coisa de quem tem confiança. Enfim, me levou às alturas.

Mas a queda não tardaria.

Eu imaginei que pelo tempo passado, Arthur não ia ter condições de descrever os fatos com detalhes, mas parece que tudo ainda estava muito vivo na sua cabeça. Desde os atos mais drásticos, como o momento em que o professor arranca sua sunga de surpresa, como se fosse uma brincadeira, até os mais triviais, como as fotos que ele displicentemente deixara sobre a mesa de centro.

— Tinha fotos dele pelado e também de uma mulher, acho que era a namorada dele que a gente estava esperando, mas que nunca chegou.

Era estranho ouvir essa narrativa da boca de um jovem agora com seus vinte anos. Tudo naquele retrato era infantil. As lembranças do teatro, a ansiedade em corresponder à expectativa da mãe, a admiração pelo professor-amigo. E o estranhamento, o susto e, por fim, o medo da descoberta.

— Eu demorei para entender que estava sendo abusado. Eu achava estranho, mas não sabia direito como os amigos se tratavam. Eu nem lembrava do meu pai, não tinha tio. Então era uma coisa muito nova pra mim. Mas quando ele começou a me acariciar no pinto, eu percebi que alguma coisa estava errada. Saí correndo da piscina e me escondi no banheiro. Mas ele ria, gargalhava, como se fosse uma brincadeira comum entre amigos. Então eu ficava com medo de ser uma coisa errada e com culpa por não estar entendendo.

Arthur tentou falar com a mãe para buscá-lo mais cedo, mas não conseguiu. O professor não deixou de ser gentil em nenhum momento. E disse várias vezes que não queria assustá-lo. Mostrou, então, as fotos com a namorada, para deixar claro que não era gay. Mas disse que era normal que os amigos fizessem brincadeiras entre si. E ainda que Arthur tenha se recolhido ao dormir, acordou no meio da noite com o professor grudado a seu lado na cama. Fechou os olhos tão forte quanto podia e demorou muito a abri-los.

— O senhor deve estar achando estranho que passado tanto tempo eu tenha vindo agora para denunciar isso. Na época eu não entendi quando minha mãe falou pra deixar pra lá. Que a gente não tinha dinheiro. E que ia acabar sendo pior para mim, que ia ficar marcado na escola, ia crescer como um estranho. "Ninguém vai acreditar que você não quis, Arthur. Ele não fez nada de mais, então vamos deixar por isso mesmo" — ela disse.

Mas Arthur nunca deixou de lado. Porque não esqueceu aquelas cenas que se repetiam incessantemente como um pesadelo. Isso facilitou para o seu relato. Ele me descreveu tudo com muitos detalhes e muita precisão. E não deixou nada de fora. Contou que repeliu algumas carícias, mas fechou os olhos em várias outras.

No fim das contas se sentiu abandonado, sozinho. Nunca contou essa história para ninguém e se sentia como uma pessoa incapaz de ter um amigo, uma namorada. Alguém que pudesse conhecê-lo de verdade. Alguém para quem pudesse se abrir. E a inércia lhe passava ainda uma sensação de culpa — se não reclamou, deve ser porque, de fato, também quis.

Arthur passou no vestibular para Direito e perguntou a um professor, daquele jeito, como quem finge ser o portador da dúvida de um amigo. Soube, então, que era possível fazer a representação até seis meses depois que completasse dezoito anos. No mesmo dia, foi à delegacia.

Ainda teríamos um longo caminho pela frente. Testemunhas de acusação a serem ouvidas por carta precatória, várias testemunhas de defesa — até atrizes pelo rol que havia lido com o canto do olho. E o interrogatório do réu que não acompanhara esta oitiva.

Ia ser uma disputa e tanto o processo e Arthur estava ciente de que o jogo não acabava com seu relato. Mas seu alívio era visível e contagiante. Quando saía da sala, enquanto agendávamos a próxima audiência, ele ainda arrematou:

— Não é nenhum sentido de vingança, doutor. Mas eu precisava virar essa página.

Fim

— Eles me pegaram, doutor. Me jogaram do alto de um barranco, pisaram no meu peito quando eu caí, fizeram com que eu ficasse meia hora de cara no chão enlameado. E me obrigaram a comer grama.

O réu pediu licença, levantou a camisa, e mostrou as marcas da agressão. Identificou um a um os agentes do Centro de Detenção Provisória e pediu pelo amor de Deus para ser transferido.

O defensor, que me havia alertado antes da audiência, sobre a reclamação que seria feita, ficou aliviado que seu assistido teve coragem de levar a denúncia até o fim. Ou pelo menos até mim.

Depois da audiência, considerando os dados do processo, relativamente fragilizados, optei por conceder a liberdade ao réu e ele saiu intimado a voltar no dia seguinte e pegar uma guia no Cartório para o exame no Instituto Médico Legal.

Por óbvio, apenas a denúncia dele não esclarecia a situação, que ainda seria, provavelmente, objeto de um inquérito próprio. Mas uma certeza eu tinha: fosse esta uma audiência por videoconferência, daquelas em que o réu preso era ouvido no estabelecimento em que estava custodiado, teria sido muito difícil que a tortura nos chegasse, ainda mais com tamanha força e contundência.

Nas idas e vindas das discussões políticas ou legais a respeito das audiências por videoconferência, este sempre foi um importante argumento: o réu deve ser ouvido no Fórum e não no local em que esteja preso. Como os norte-americanos costumam dizer, é o seu "dia na Corte" — que vinha sendo esvaziado pelo custo da logística das escoltas. Estando no Fórum o juiz, o promotor, o advogado e as testemunhas, sempre achei cruel que o primeiro a ser mantido à distância fosse o réu.

Fato é que com a chegada da pandemia, foram justamente as audiências de custódia, feitas em grande medida para apurar eventual violência estatal na prisão, os primeiros alvos das tentativas de retorno ao projeto de videoconferência.

Eu me lembro de outra audiência em que o policial civil, prestes a entrar na sala para servir de testemunha da acusação, fitou o réu de cima a baixo, ao vê-lo sentado na cadeira em frente à mesa, e não conteve sua surpresa:

— Nossa, parece que a prisão fez muito bem a ele.

Ouvindo de relance a frase, quando estava retornando à sala, após conversar com um colega, fiquei curioso em saber os motivos dela.

— No dia da prisão, doutor, ele parecia um trapo de pessoa. Roupas roídas, descalço e devia estar semanas sem tomar banho.

Informação essa que não constava no auto de prisão em flagrante e que poderia ser importante, sobretudo nos casos de droga, em que uma linha muitas vezes tênue, como já vimos, distingue o traficante do usuário.

Em razão da minha relutância com as audiências por videoconferência, cheguei até a ser identificado como um portador da síndrome de Maria Bethânia, um juiz que só queria fazer a audiência vendo o réu "olhos nos olhos". E assim foi por muito tempo, sentindo que sem os vídeos passávamos bem demais. Mas o isolamento social ia devolver as teleaudiências ao cotidiano forense, e aos presos, o incômodo e as limitações de seu "lugar de fala".

Devo advertir aos leitores que também demorei a me render às audiências gravadas, que pareciam abreviar muito o tempo da oitiva das testemunhas, mas tornavam mais complexo o trabalho de quem tinha de ouvi-las depois, quando a prova não acabava em uma única audiência ou a sentença não era proferida na hora.

    Pessoalmente havia uma coisa a mais que a modernidade acabava por menosprezar: minha habilidade em ouvir os relatos e ditá-los no termo de audiência. Acho que nessa capacidade foi uma das em que mais evoluí, ao longo da carreira. Era preciso treinar a memória para não ficar interrompendo a testemunha a todo o tempo, prejudicando o fluxo do pensamento, e de outro lado, precisão para não levar ao processo respostas erradas, ou esquecer de algo que podia ser central no julgamento. Eu anotava umas palavras-chave enquanto ouvia a testemunha; automaticamente, ia produzindo um mapa mental, uma espécie de filme na cabeça que, momentos depois, passava a ditar à escrevente.

    Os erros podiam ser corrigidos pelo promotor, advogado ou defensor que me ouvissem ditar — até mesmo a testemunha. Mas, no mais das vezes, dava conta do recado. Meu maior desafio, e junto dele a maior homenagem, foi quando ouvi por mais de uma hora sem parar o relato muito bem articulado de uma procuradora do Estado sobre os vícios da licitação cuja fraude era o núcleo da acusação. Preenchi umas três páginas entre garranchos e abreviaturas e sem abrir uma única concessão à dúvida, ditei as respostas dela tal como me transmitira. Um dos réus, o engenheiro do grupo, acusado de falsear as medições, esperou a audiência terminar para me questionar com uma legítima curiosidade científica:

    — Excelência, qual o seu método mnemônico?

    Eu mostrei as folhas com rabiscos quase incompreensíveis e ele saiu sem se mostrar muito convencido.

    Mas a verdade é que a nova forma de gravar os depoimentos era mesmo muito mais fidedigna e além de tempo economizava certos constrangimentos quando, por exemplo, a gente tinha de repetir uma vez mais as violências sexuais narradas pela vítima, não raro traduzindo determinadas expressões.

Minha birra não se justificava, mas o fato é que quando as audiências gravadas em vídeo se popularizaram, eu me senti como aquelas divas do cinema mudo, que aprenderam a ser expressivas no silêncio, a valorizar a fisionomia e suas pequenas nuances, e agora tinham pela frente o desafio de se adaptar a um sistema moderno que atenuava seu mais importante handicap.

Percebi que meu tempo estava chegando ao fim. Que as audiências iam ficando para trás. Elas me ensinaram muito — a um jovem pós-adolescente que entrara na carreira para fazer justiça, e havia descoberto que a justiça é que o fizera. Esse caleidoscópio ao vivo de emoções, realidades, sofrimentos que me tiraram o sono muitas noites, que me torturaram com incertezas e hesitações e, de uma forma nada serena, me ensinaram uma pequena porção de vida.

Pode não parecer, mas há um incômodo, um constrangimento, uma situação desconfortável na posição do julgador. A face mais visível do juiz é o poder e o prestígio. A face obscura é a angústia e a solidão de decidir. Julgar é sofrimento e a dúvida é a nossa cota de dor. É certo que não se compara com o sofrimento que, com as nossas decisões ou posturas, temos a capacidade de impingir aos réus, e vez por outra também às vítimas.

Nós não conhecemos o tamanho da dor que direta ou indiretamente provocamos, nem a porção de esperança que eventualmente possamos transmitir. Escrever sobre estas audiências foi a minha forma de tentar compreendê-las.

Este livro foi composto em Minion Pro e Futura